引退した嫌われS級冒険者はスローライフに浸りたいのに！

気が付いたら辺境が世界最強の村になっていました

Bitansan
微炭酸

ill. 紅木春

Intai shita kiraware "S"kyuu boukensya ha
SLOW LIFE ni hitaritainoni !

ユズリア
歴史のある名家で
生まれた貴族令嬢。
辺境で出会ったロア
に婚約を迫る。
サナ
ロアの妹で一流の
魔法学校に通っている。
ロアに近付く女性には
強い嫌悪感
を抱く。
コノハ
月狐族の少女。
自分が住んでいた
村を追い出され、
ロアのいる辺境へと
やってきた。
ロア
本編の主人公。自由な
生活を夢見ている。
困っている人は
見過ごせない
お人好し。

・登場人物紹介・

ドドリー
エルフ族の男性。とにかく筋肉を鍛えるのが好きで、ロアをよくトレーニングに誘う。
セイラ
神官の女性。いつも穏やかでロアたちには優しいが、ドドリーにだけ当たりが強い。
リュグ爺
謎のおじいちゃん。物忘れが激しく、一見するとただの老人に見えるが実は……

プロローグ

「今日で冒険者引退します！」

ギルド長室に入り開口一番、俺――ロアはここ数年で一番の笑顔と共に告げた。

依頼争奪戦が繰り広げられる朝の喧騒《けんそう》が、部屋に響く俺の陽気な宣言を瞬《またた》く間にかき消す。

ただ、俺の目の前でその宣言を聞いていたギルド長は口を半開きにして言葉を失ったままだ。返答を待ってもよかったが、俺にはこれ以上話すようなことは残っていなかった。

引退といっても、S級冒険者は数年に一度の等級更新が必要ないため、永遠に等級が降格しない。

つまり、ギルドカードを返却しない限り、どんなに力が衰《おとろ》えようともS級の称号は残ったままだ。

ある人は過去の栄光を携《たずさ》えるため、また、ある人は税金の免除などの特権のため。俺だって引退なんて宣言せずに、ふらっとこの街を出てしまえばよかったのだ。

それなのにわざわざ〝引退〟と明言したのは、十年という長い時間身を置いていた場所への別れのため。ギルド長に引退を伝えたのはあくまで自分の中でけじめをつけることのついでに過ぎない。

ずんぐりと太った河馬《かば》のようなギルド長が、慌てて椅子を引いて立ち上がった。

「ま、待ってくれ、〝釘《くぎ》づけ〟！」

その変な呼び方、結局好きにはなれなかったな。

ギルド長が額《ひたい》の汗をせわしなく手巾《しゅきん》で拭《ぬぐ》いながら、間抜けな足音を携えて迫ってくる。まるでダンス中によろけた子豚みたいだ。河馬なのか、豚なのか、はっきりしてほしい。

俺はそっと二本指を縦に小さく振り下ろす。その瞬間、ギルド長の右足が棒のようになって不自然に止まり、勢いを殺せずに前のめりで倒れ込んだ。

「待って、と言われましても、これ以上話すことはないのですが」

上がった口角が元に戻らなくて困る。それはもう、待ちに待った日だから致し方ない。

床に這《は》いつくばったギルド長が、半ば涙目で俺を見上げた。人が違えばご褒美《ほうび》になるんだけどなぁ、と俺は鳥肌の立つ腕を擦《さす》る。

「り、理由はなんだ？　金か？　もっと仕事が欲しいのか？」

もっと欲しいも何も、これまでだって過重に依頼を押し付けられていたと思うんだけど。

「お金がいらなくなったから引退するんですよ。捜されるのも手間でしょうから、こうして伝えに来ただけです」

見た目がちょっとうさん臭く見えるだけで、別にギルド長に対して変な禍根《かこん》はない。せいぜい、依頼の報酬を何度もピンハネされた程度だ。ギルド長が小心者ゆえに、そう毎回されたわけではないのだから、目をつむれば済む話だった。

むしろ、そんな些細《ささい》なことや周囲の冒険者からの陰口《かげぐち》や嫌がらせさえ耐えれば、平民の俺でも父親の残した莫大な借金と、妹の魔法学校の学費を支払えるだけの金を稼げる職場だったのだ。感謝しかない。

「今度はもしかしたら依頼する側でくるかもしれないので、その時はサービスしてくださいな。それじゃ！」

俺はこの期《ご》に及《およ》んで引き留めようとするギルド長を尻目に、ギルドを出た。

背後から「腐ったスープの捨て先がなくなったぜ」と言う他の冒険者たちの声が聞こえ、同時に足元へスープの入った器が転がる。中身が盛大に地面にぶちまけられ、俺の靴と服の裾を濡らす。

じわっと、陰鬱《いんうつ》な感情が込み上げた。それにわずかな憤《いきどお》り。その感情をなるべく小さく凝縮《ぎょうしゅく》して胸の奥底にしまい込む。そして、胸に手を置き、魔法を発動した。

瞬間、まるで嘘《うそ》だったかのように気持ちが晴れやかになる。もう、後ろ指をさされることを気にする自分はいなくなっていた。

俺は往来《おうらい》の激しい大通りをスキップで駆ける。初めて吹いた鼻歌もどこか陽気に聞こえた。今なら空も飛べそうな気分だ。

今日という日を十年待ち望んでいた。これで俺は晴れて自由の身。組織の圧にも、借金取りにも縛《しば》られない素晴らしい日常が始まったのだ。

昼から酒盛りでもしたい気分だが、街に居残っていたらギルドの面々が血眼《ちまなこ》になって追ってくるに決まっている。捜すなと言って、本当に捜しに来ないとは思っていない。だから、気分が乗っているうちにさっさと街を出てしまおう。

この国にいるS級冒険者は俺を除いて一人だけ。それはもう、依頼人たちからの需要が高いのだ。


「――ロア先輩！」

旅立ちに必要なものを買い揃えていると、突然、俺の名前を呼ぶ声が後方から聞こえた。

振り向くと、見覚えのある顔があった。自分の背より高い杖《スタッフ》を両手で抱え、可愛いらしく結《ゆ》った栗毛の長い髪を背まで垂らした小柄な少女。そのくりっとした紅茶色の瞳が俺をまっすぐに捉《とら》えていた。

「お？　ユーニャじゃん。どうした？」

走ってきたのか、乱れる呼吸を落ち着かせる暇もなく、ユーニャが上目遣いで見つめてくる。

「ロア先輩、冒険者辞めちゃうって本当ですか⁉」

「そうだよ。この後、ユーニャに直接伝えに行こうと思ってたけど、実は旅に出ようと思ってね」

「どうして、突然……」

「突然じゃないよ。前から決めてたことさ」

ユーニャは重たげな息と共に肩を落とす。

「そ、それじゃあ、私も連れて行ってください……その、旅ってやつに」

ユーニャの言葉に、俺はゆっくりと首を横に振った。

「ユーニャはS級になって、親父さんに楽させてあげるんだろ？」

「そ、そうですけれど……」

「そんなに一緒に行きたいって言うのなら、俺が依頼をこなして、ユーニャの親父さんが困らないだけの金を用意してやろうか？」

我ながら、なんて意地悪な断り方なんだろうか。

でも、俺が街から出ていくせいで、才能溢れるA級の冒険者までこの街から居なくなってしまったら大変だ。

それに、俺について回るとユーニャの評判を落とすことになりかねない。なんせ、俺は巷《ちまた》では、S級に似つかわしくない冒険者として有名だからだ。

多くの冒険者曰《いわ》く、実力が伴っていない、らしい。実際、俺もそう思う。

冒険者だった父親の悪名のせいで、最初から嫌われ者だった身としては、今さらその程度の厭《いや》味《み》ったらしい噂《うわさ》はなんとも思わないけれど。

しかし、そんな評判が最悪な俺にこれまで親身にしてくれたユーニャが、行く先々で俺と同じような扱いをされるのは到底受け入れられない。父親の悪名は他国にも知れ渡っている。きっとどこへ行こうと、俺は嫌われ者のままだ。

「……私がS級になったら、会いに行ってもいいですか？」

さんざん説得した結果、ユーニャは諦めてくれたようだ。憐憫《れんびん》の情に駆《か》られるが、俺が行こうとしている場所はユーニャの実力ではまだ厳しい環境だろう。だから、これで正解のはずだ。

「もちろん。それに今生《こんじょう》の別れってわけじゃない。たまには帰ってくるさ」

とはいえ、本当にS級になって会いに来られたらどうしようか。一人でまったりスローライフの予定が、突然年下の異性と二人きりの生活になったら……

まあ、当分は大丈夫か。A級とS級の壁は分厚い。そう簡単になれるものじゃない。だからこそ、S級冒険者は世界に百人といないのだ。

いや、ユーニャにS級になってほしくないわけじゃないんだけどね！

悲しむ気持ちを悟られないようにユーニャと別れた俺は、その後、魔法学校の卒業を控えた妹に手紙を送った。流石《さすが》に唯一の肉親だけには行き先は伝えておこう。じゃないと、後が怖いし。

冒険者になるためにこのパンプフォール国にやってきて十年。俺は稼いだ金のほとんどを借金の返済と妹の学費に充てて、質素倹約《しっそけんやく》の日々を送ってきた。

冒険者として色んなところへ行ったけれど、新天地を求めて旅に出るのは初めてだ。
そこでふと、頬を伝う冷たい何かに気が付いた。
——ああ、ようやく……
少しの不安と大きな胸の高鳴りと共に、俺は最初の一歩を踏み出した。

第一章　一人スローライフの始まりだ!?

旅といっても、行き先は決まっている。道中はしばらく馬車を乗り継いで、ひたすら尻の痛みに耐えるだけのものだ。

乗り合い馬車で色んな人と出会い、たまに魔物が出ると護衛の冒険者に手を貸して旅をするうち、一か月が経った。

「もう、馬車は嫌だ……」

俺は早くも心が折れていた。どんな高難度の依頼よりもキツい。とにかく暇だし、馬車に乗りっぱなしだったことによる疲れで身体中が凝《こ》り固《かた》まって悲鳴を上げ続けている。

のんびり旅はいい。そう思っていた時期が、俺にもありました。

合間に立ち寄った街や村で降りようかと何度も考えた。しかし、俺には休憩なしに馬車に乗り続けなければいけない理由がある。

金がないのだ。

借金と学費の完済に浮かれて、旅費のことなど全く考えていなかった。引退といってもギルドカードは返納していないから、入国税などはS級冒険者の特権で免除になる。それでもわざわざ途中で降りて宿を取るような余裕はない。一旦、依頼を受けて路銀の足しにしようとも考えたが、高らかに引退を宣言してきた手前、恥ずかしくてできなかった。それに依頼を受ければ足も付く。追われているであろう身としては避けたいところだ。

今さらになって自分の計画性のなさにうんざりする。

旅は行き当たりばったりなのがいいんじゃん——という意見には、全く以《もっ》て同意だけれど、金がなければそうもいかないのだ。

「お兄さん、どちらに向かうんですかい？　次の村で終着ですけれど」

御者《ぎょしゃ》の男性が軽く振り返って尋ねる。

随分《ずいぶん》と遠いところまで来たせいか、乗客は減り、馬車にはずっと眠る謎の老人と俺、そして御者しか乗っていなかった。

「賑《にぎ》やかな場所に疲れちゃいましてね。田舎暮《いなかぐ》らしでもしようかと」

「はぇ～、まだ若そうなのに苦労してんだねえ。でも、この先の村は人類圏の最南端で、S級冒険者でないと生きていくのも難しいし、それにだからといって何もありゃしないよ。出てくる魔物も瘴気《しょうき》に当てられて狂暴化しているやつばかりだ。それに魔族と出会おうもんなら目も当てられねえ。長居はおすすめできないよ」

「ある意味、観光みたいなものですね。すぐにまた別の場所にでも行きますよ」

本当は、その村のさらに先が目的地なわけなんだけど。


それからさらに馬車に揺られること二日。この馬車の終着である村に着いた。

「それじゃ、お兄さんに陽光神様《ローシャス》の加護があらんことを」

「ありがとうございました。陽光神様《ローシャス》の加護があらんことを」

御者に別れを告げた俺は、しばらくその背を見送る。一緒に降りた老人は、気が付くとどこかへ消えていた。こんな場所までなんの用だったのだろう。

村というから人が住んでいるのかと思ったが、廃村《はいそん》だった。長い年月でボロボロに風化した居住地に、ほとんど更地《さらち》に戻った畑。冬の気配を匂わせるからっ風が良く似合う場所だった。

こんな辺鄙《へんぴ》な場所でも、年に数人は人が訪れるらしい。理由を聞いてはいけなそうな雰囲気の人がほとんどのようだが。

その点、御者に話しかけられた俺は例外なのだろう。事実、御者は怪しげな老人には声をかけなかったわけだし。

「さて、確かこの先か……」

少し歩くと、地面の色が黒ずんできた。魔素《まそ》が濃くなってきている証拠だ。

この世界は魔力《まりょく》で溢れている。空気中にも存在するし、生物も皆《みんな》魔力を内包している。魔力の使い道は主に魔法だ。魔法が一般的に使われるこの世界において、なくてはならないもの。それが魔力。

一方、魔素とは、魔物以外の動植物にとって有害となる空気中の物質だ。しかし、魔物はその魔素を好む。魔素が濃くなるほど、強い魔物が蔓延《はびこ》り、危険性が増す。さらに、魔素濃度が高くなると、空気中の魔力を汚染し、高い魔素耐性を持たない者はその汚染された魔力を体内に取り込んでしまうことで息をすることすらままならなくなる。

魔素と魔力とは、互いに浸食し合う敵対関係のようなもので、濃い魔素が魔力を汚染するように、良質な魔力は魔素を浄化《じょうか》する。

人類圏と呼ばれる範囲は、空気中の魔素濃度が著《いちじる》しく低く、それに伴って強い魔物も出にくい。魔素耐性が低い人たちでも、比較的安全に暮らせる領域をさす。

さらに森を奥へと進むと、周囲の木々は黒い葉が交じり、空気がもったりと重たくなる。空を見上げれば、一面の青だというのに、進めば進むほど辺りの色彩《しきさい》が掠《かす》れていく。

時折聞こえてくる鳥の囀《さえず》りも、いつの間にか魔物特有の、空気が震える悍《おぞ》ましい鳴き声に変わっていた。

それもそのはず。この辺りは相当の魔素耐性がなければ、既に呼吸もままならない。空気中の魔素が他の場所よりも著しく多い森——通称、魔素の森。もちろん人気《ひとけ》は一切ない。しかし、S級冒険者の指名依頼の多くが、こういった常人には耐えられない地域の素材集めや魔物の討伐のため、俺にとっては見慣れた景色。ここで出会う人間すなわち、S級冒険者かそれに相当する者ってことだ。

数日間、俺は魔素の森を彷徨《さまよ》った。当てがないわけではないのだ。ただ、探している目的地が本当にこの森に実在するのかは不明だ。

以前、知り合いのS級冒険者から聞いたことがあった。遥《はる》か南方、魔素の森の奥深くに精霊の宿る聖域《せいいき》を見たと。大袈裟な話だとは思いつつも、冒険者の内では有名な話らしい。わざわざ、そんな噂話のためにこんな南方まで来るようなS級冒険者はいないだろう……俺以外。

荒れた森を進むと、前方にぽやっと明かりが浮かんで見えた。一瞬、魔物かと思って警戒したが、どうやら違うらしい。

近づくにつれて、空気が湿り気を帯びてきた。心做《こころな》しか周囲の気温も高く感じる。

木々の間を抜け、視界が開ける。その場所を一目見て、悟った。ここが噂の聖域とやらなのだろう。

陰鬱《いんうつ》な森にぽっかり存在する平原。足を撫でる草が一面に敷《し》かれ、宙をふわっと漂う色とりどりの花弁《かべん》。何より目を惹《ひ》いたのは、聖域の中央にある大きな魔力溜《まりょくだ》まりだ。魔力溜まりとは、魔力が多く含まれている水辺をさす。ぼんやりと光を放ち、ゆらりと湯気が立ち込めていて、まるでそこだけ霧《きり》がかっているようだった。

「温度が高い魔力溜まりか。珍しいな」

そう独《ひと》り言《ご》ち、一歩を踏み出した刹那《せつな》、

「――誰⁉」

霧の中から声が聞こえた。ぴりっとした気配を感じ、すぐに魔法を発動できるようにとっさに二本指を立て構える。

黙っていると、霧の向こうからさらに言葉が投げかけられる。

「……小鬼《ゴブリン》を逃がせば？」

俺は間髪容《かんはつい》れずに合言葉《あいことば》を返す。

「村一つ」

冒険者の間で使われる、互いに魔物や魔族ではないと確認する典型的な諺《ことわざ》。駆け出しの冒険者でも倒せる小鬼《ゴブリン》ですら、逃がせば繁殖《はんしょく》して、いつかは村一つを滅ぼすくらい脅威《きょうい》になるという意味だ。

「よかった、人間なのね」

そんな返事が聞こえると同時に、肌を刺す殺気が消えた。それを感じて俺も同じように放った殺気を緩める。むろん、魔法はいつでも発動できるようにしているが。

「冒険者一人だ。そちらは？」

「同じよ」

この環境下で一人。つまり、俺と同じようなソロのS級冒険者だろう。

「まさかこんな場所で人に出会うとは思わなかったわ」

「……俺もだ」

「あ、まだこっちに来ないで。ちょっと待っ――」

運良くか、運悪くか、強い木枯《こが》らしが吹き、立ち込める湯気が逃げ場を得て霧散《むさん》する。鮮やかな青色をした大きな魔力溜まりの中に、少女が立っていた――白磁《はくじ》の肌を晒した一糸纏《まと》わぬ姿で。

「えっ？　精霊？」

ついさっき人間だと確認し合ったというのに、俺は無意識で口にしていた。

まるで御伽噺《おとぎばなし》に出てくる水の精霊を思わせる美少女だ。くっきりとした大きな翡翠《ひすい》の瞳に、鼻が高いはっきりとした顔立ち。ほんのりと赤く染まった頬は、鮮麗な顔立ちにどこか少女らしい柔らかさを残しているように思えた。華奢な身体にもかかわらず大きな存在感を見せていた胸元に、濡れた長い銀髪の先が張り付いている。妹と同じくらいに見えるから、十七、八歳くらいだろうか。

しばらく、周囲に沈黙《ちんもく》が流れる。

なんだろう、この状況。

「……す」

うつむいた少女が小さく呟いた。

「なんだって？」

聞き返した俺の声が届いているのか分からないが、少女の握った拳《こぶし》がぷるぷると震えているように見えるのは気のせいだろうか。

ゆっくり魔力溜まりから上がった少女は、そばに置いてあった刀身の細い剣を手に取る。

「……ろす――殺してやるッ！」

刹那、肌を焼くような少女の殺気を浴び、自然と俺の身体が動いた。

距離を取るために大きく飛びのいた途端、視界から少女の姿が消える。次の瞬間には、少女は目の前にいた。そして、既に突き出されていた細い剣先が、未《いま》だ宙にいる俺の喉元《のどもと》に迫っていた。

速すぎんだろ……ッ！

俺は空中で無理矢理身体を捻《ひね》る。地面に足が付くと同時に、俺の頬を少女の剣が掠めた。息を吐《つ》く間もなく、次いで、下から抉《えぐ》るような蹴りが飛んでくる。細い足だというのに、どうしてかまともに受け止めては駄目だと本能が警鐘《けいしょう》をかき鳴らす。

俺がかざした左手に少女の足が触れた瞬間、俺は右腕を振り下ろした。

――『固定《こてい》』。

『固定』は俺の固有魔法で、はたから見ても何が起きているのか分からない。ただ、俺が魔法を詠唱した瞬間、俺の左腕と少女の右足が衝撃もなく、ピタリとくっ付く。

「えっ……!?」

少女から戸惑いの声が漏《も》れた。

俺はすぐさま、今度は彼女の左足とそこに触れる若草に向けて『固定』を発動した。そして、剣を持つ少女の右手首を掴む。すると、少し、静電気のような痛みを感じた。

「ちょっと、なんの魔法よ、これ！」

「お、落ち着いてくれ。その、揺れてるから……！」

何がとは言わないが、それはもう水の入った風船の如《ごと》く。

しかし、少女にはなんのことか伝わっていないらしい。掴んだ手首から伝わる電気の強さが増した。

あれ？　触れたままだと……まずいっ！

俺はほとんど反射的に自分の左手の『固定』を解除して、彼女から身体を離す。彼女が魔法を発動する気配を感じた刹那、空気が震えるほどの稲妻《いなずま》が少女の身体を包み込む。

「ふんっ！　くだらない時間稼ぎはおしまいよ！　さっさと串刺しにしてあげる！」

少女は肩の上で細剣《さいけん》を引き絞り、右足を後ろへと下げる。そして、先ほどのように彼女が一瞬にして視界から消え――ることはなかった。

棒のように固まった自分の左足がもつれ、彼女は顔から盛大に地面に落ちる。まるで、びたーん！　という効果音でも聞こえてきそうだ。代わりに聞こえてきたのは彼女から漏れたであろう、「ふぎゅっ！」という小さな声だった。

彼女の身体に纏われていた稲妻がすっと空気に溶けてなくなる。

俺はそっと、彼女の左足にかけた『固定』を解除した。

ようやく、辺りに静けさが戻った。全裸で地面にへばりつく少女と、それを意味もなく眺めて突っ立つ俺。自警団さん、こっちです。

結局、この後話を聞いてもらえず、同じようなことを半刻ほど繰り返す羽目になった。

とりあえず、服を着てくれ。

徐々に涙目になりつつある少女を見て、そう思わざるを得なかった。

力なく地面にへたり込んですすり泣く裸の少女と、目をそらさずにそれをじっと見つめる二十二歳の男性。さて、どちらが悪者でしょうか。

聞くまでもない。たとえ、この状況がほとんど事故のようなもので、いつ少女が文字通り光速で剣を突き立ててくるか分からないから目が離せないとしてもだ。

「いや、もう俺が悪かったよ。とりあえず、これ着てくれ」

俺は脱いだローブを少女の肩にかける。

「……私が悪いの」

「そんなことない。事故だよ。あんな状況じゃ、敵意だって出るさ」

「違うの。私が弱いから、裸を見たあなたを殺せなかった」

「そっち!?」

ため息が白く零《こぼ》れて、空へ昇っていく。

「とりあえず、落ち着いて話さないか？」

俺の問いかけに、少女はうつむきながら静かにうなずいた。剣を手から離したところを見るに、もう戦意はないらしい。そこでようやく、俺は構え続けた二本指を下ろす。

「俺の名前はロア。家名はない。あんたは？」

「……ユズリア・フォーストン」

名前を聞いた途端、俺の背中に冷や汗がどばっと出た。

家名持ち。つまり、貴族だ。それもフォーストン家といえば、十年暮らしていたパンプフォール国で知らぬ者はいない名家だ。

「き、貴族様であられましたか」

俺は引きつる口角を必死に抑える。貴族に手を出したとなれば、重罪どころの話ではない。即刻、打ち首ものだ。

スローライフ、終わっちゃったな……あ、まだ始まってすらいなかった……

ユズリアが不貞腐《ふてくさ》れたように顔を上げる。

「今さら、そんな扱い意味ないから」

「デ、デスヨネー」

土下座か!? それとも、俺も脱げばいいのか!?

「せめて、妹だけは……」

そうだ、妹だけはなんとしても守らなければ。兄が貴族様の裸を見たせいで妹も共に殺されたとなれば、あまりに不憫《ふびん》すぎる。ただでさえ、妹は最近ずっと俺に冷たいというのに。死んで地獄に行ってもなお変態と蔑《さげす》まれたら、きっと俺はどうかしてしまう。

「別にどうもしようと思ってないわよ。それより、私がロアに命乞いする方が正しいでしょ」

確かにこの場所には俺とユズリアの二人だけ。目撃者がいないのだから、ここでユズリアを始末してしまえば、事件は闇に葬《ほうむ》り去《さ》られるというわけだ。

赤くした鼻をすんっと鳴らし、ユズリアは潤《うるお》いの残る瞳で俺を見つめる。

「そんなこと、できるわけがないですよ。こんな精霊のように美しく、可愛らしい貴族様に」

「なっ……！　とりあえず、敬語やめて！　あと、その貴族様ってのも！」

温情か、照れ隠しか、ユズリアは顔を真っ赤に染めて目をそらす。

とりあえず、お咎《とが》めなしということでいいのだろうか。

「それでは失礼して。この森にいるってことは、ユズリアもＳ級冒険者なのか？」

俺は自分のギルドカードをユズリアに見せながら問う。

「……そうよ。といっても、Ｓ級になったのはつい最近。今回だって、依頼を受けてここに来たわけじゃないの。ちゃんと自分にその資格があるのかどうか、試しに来たのよ」

「なるほど。自分の力を過信しないのはいいことだ。Ｓ級の依頼はどれもＳ級冒険者しか生き延びられないような理《り》不尽《ふじん》な環境と、強大な魔物の討伐を強《し》いられるからな」

ユズリアがローブで全身を隠したことを確認すると、俺もその場に座り込んだ。常に張り巡らせていた神経と強張《こわば》らせた筋肉を緩めると、どっと疲れが湧いてくる。

「でも、結局魔素がキツくて、たまたま見つけた魔素が全然ないこの空間で休んでたわけ。おまけにのこのこやってきた変態にコテンパンにされるし。本当、最悪な一日ね」

「頼むから変態はやめてくれ……魔素がキツいなら、人気《ひとけ》のあるところまで送っていこうか？　この辺りは魔物も特に強いから」

確かにユズリアはS級と言われても納得のできる強さだった。そこら辺のA級なんか話にならないだろう。ただ、彼女の言った通り、S級の中で高い位置にいるとは言えない。

A級とS級の間の壁は厚く、S級同士にも序列は存在する。なぜなら、S級以上の等級が存在しないので、そこから上は青天井だからだ。

「この森を抜けるくらい、ロアの力を借りなくてもなんとでもなるわよ。それより、ロアはどうしてこんな辺鄙な場所にいるの？　依頼？」

「なぜって、それはここに住むためだよ」

「……何、言ってるの？」

「だから、移住してきたんだよ。俺は冒険者を引退したんだ」

ユズリアが心底《しんそこ》怪訝《けげん》そうに顔をしかめる。こいつ馬鹿《ばか》なんじゃないのか、とでも言いたげだ。

「冒険者になって十年、働き詰めで疲れちゃってね。肩の荷も下りたし、人の来ない場所でしばらくゆっくりしようと思ってさ」

「なんだかエルフみたいなこと言うのね。エルフは長い寿命の大半を自然の中で緩慢《かんまん》に生きるらしいし。まあ、ただのエルフはこんな魔素に塗《まみ》れた森は選ばないと思うけれど」

「だからこそ、ここを探していたんだ。聖域なんて噂されていたけれど、どうやら濃度が高い魔力溜まりがある土地のようだね」

立ち上がり、魔力溜まりを覗《のぞ》き込む。透き通った濃い蒼《あお》の水。温かく、触れた先から魔力が浸透してきて心地がいい。

色々と合点《がてん》がいった。魔物以外の生物にとって有害とされる魔素で塗れた森に、なぜこんな瑞々《みずみず》しい若草とたくさんの花々が咲き誇っているのか。そして、なぜここに近づくにつれて魔物の気配がどんどん減っていったのか。

良質な魔力溜まりが、周囲の魔素を浄化して、新たな生命をもたらしているのだ。また、魔素の森の魔物は魔素を好むがゆえに棲《す》みついている。つまり、魔素を浄化するような強い魔力をめっぽう嫌う傾向があるのだろう。

それにしても、光を放つほどの魔力溜まりなど見たことがない。軽く触れただけで、先ほどユズリアとの小競《こぜ》り合《あ》いで使った魔力がほとんど補充されてしまった。聖域という表現もあながち間違いじゃないのかもしれない。

「確かにここなら普通の人はまず辿り着けない。それに、とんでもなく辺境だからS級冒険者も依頼ではあまり訪れないいんじゃないかしら。ここまで来るだけでも一苦労だし、誰もそんな場所の依頼は受けたくないでしょ」

そう言いながら、ユズリアも俺の隣で泉を覗き込む。

「どんなもんか、見てから判断しようと思ってたんだけどね」

人が寄り付かず、魔物も嫌う辺鄙な場所。まさに俺が想像していた理想の地だ。

「よし、決めた。俺はここに住むとしよう！」

俺の一人スローライフはこの土地から始まるんだ！

「……そう。じゃあ、私も一緒に住む」

「そうか！　独り占めは良くないもんな！　うん……うん？」

今、彼女なんて言いましたかね。すむ？　澄む？　済む？

「そうなると、住居に衣類、食料とか色々必要になるかな。やっぱり、一度帰るべき……？　いや、でも……」

いや、ユズリアが何か不穏なこと呟いてるんだけど……

「え？　本当にここに住むのか……？」

「そうだけど？　何か問題でも？」

「いや、問題は……ない」

ないけど！　あるわけもないんだけど！　いや、あるかも!?

誰の土地でもない場所に、たまたま一人で暮らすことを決めた人間が二人いるだけだ。幸《さいわ》い、魔力溜まりを中心に広がる聖域は十分な広さがある。過度な干渉《かんしょう》をしないようにユズリアから十分に距離を取って生活をすればいいだけだ。

まだ、俺の一人スローライフは潰《つい》えていない！

「じゃ、取り急ぎ同居用の家をつくらないとね」

ユズリアがさも当たり前のように言った。

「同居？」

「えっ？　違うの？」

「一人で住むんじゃないのか？　なんて言うか、ご近所さん的な感じで」

「そんなわけないじゃない。ロア、私の裸見たんでしょ？」

「どうして今、その話が――」

そこまで口にして、ユーニャが以前話していたことを思い出した。えっと、なんだったか。貴族には掟《おきて》みたいなのがあって、その中の一つに――

「貴族は婚前に異性に全てをさらけ出すことを禁ずる」

ユズリアがぼそっと呟いた。

「それって、つまり……」

駄目だ。悪寒《おかん》が止まらない。

「ロア、あなたは私の……は、はん、伴侶《はんりょ》になりなさい……っ！」

顔を真っ赤にしながら、とんでもないことを口走るお貴族様。まっすぐに指をさされる二十二歳無職。

こうして、俺の一人スローライフは始まることすらなく、終わりを迎えたのであった。

結論から言おう。

一人スローライフは諦めた。しかし、ユズリアとの婚姻には絶対に首を縦に振らないと、自分自身に誓った。

そもそも、平民と貴族が結婚ってなんの御伽噺《おとぎばなし》だよ。そう思ったが、S級冒険者ともなれば、貴族とまではいかなくとも、それなりの地位は保証される。実際、貴族と結婚したS級冒険者も過去にはいたらしい。

とはいえ、俺もそれに倣《なら》って、「じゃあ結婚します」だなんて、そんなこと口が裂けても言えない。

だから、俺はユズリアに抵抗するべく、自分の口に『固定』をかけ続けた。小一時間、無言を貫くとユズリアも流石に一旦は諦めてくれたようだ。

「別に急ぐわけでもないし、ロアがその気になったらでいいわよ。ただし、逃げたり、他の女にほいほいつられたりしたら、全部お父様に話すから」

代わりにそんな脅迫《きょうはく》まがいの台詞《せりふ》を突きつけられた。どうやら、退路は完全に断たれたらしい。

しかし、有耶無耶《うやむや》にし続ければ、ユズリアもそのうち忘れるか、飽きてくれるだろう。それまでの辛抱だ。

急に結婚だなんて、考えられもしない。なんたって、俺は異性経験ゼロだからな！

野営を組み、携帯食料で腹を満たす。とりあえず、今晩は魔物の夜襲《やしゅう》に備えて交代で見張りをすることにした。いかに魔物が寄ってこない場所とはいえ、俺たちのいるこの聖域の周辺は魔素の森だ。小さな村なら軽々壊滅させるような魔物がうじゃうじゃいる。

最初の見張りは俺がすることにした。俺はまだユズリアを完全に信用したわけではない。今横になったところで、安心して眠れるはずがなかった。

しかし、それはユズリアとて同じ話……だと思っていたんだけどなあ。

寝ころんだユズリアは、ものの数分で小さな寝息を立て始めた。

彼女の顔に疲労が浮かんでいることは、聖域で出会った時から分かっていた。S級冒険者になりたてなのに、魔素の森を一人でうろついていたのだ。きっと、夜だって眠れずに何日も過ごしていたのだろう。

魔物の気配を肌で感じながら眠る恐怖は計り知れない。だからこそ、冒険者は他の冒険者たちとパーティーを組むのだ。ただ、パーティーを組めるのは同じ等級の冒険者とだけだ。なぜなら、依頼は等級ごとに分けられているため、異なる等級の冒険者とは一緒に依頼を受けることができないからである。S級冒険者ともなると、その絶対数が限りなく少ないため、パーティーを組むことが非常に難しい。そのくせ、S級しか受けられない依頼は多いため、必然的に一人で危険な地へ行くことが多くなる。一人の時、いかにして身体を休めるか、その術《すべ》は経験で培っていくしかない。

しかし、聞けばユズリアはまだ十七歳らしい。この歳でS級まで上り詰める冒険者など指折りだ。きっと、まだまだ成長を続けるのだろう。だからこそ、貴族の掟だとかはさっさと忘れてほしい。大体、俺とユズリアしかいなかったのだから、互いになかったことにすれば済む話だ。でも、彼女の貴族としてのポリシーはそれを許さないらしい。

それとも、俺との結婚には何か別の理由があるのか。大貴族のお嬢様がわざわざ冒険者をやるなんて類を見ないことだ。おそらく、触れづらい事情も少なからず抱えているのだろう。

そっと、ユズリアの額に手をかざす。

――『固定』。

あまり気が乗らない使い方だけど、これでユズリアは『固定』が解除されない限り、起きることはない。

「若いうちは、たくさん寝るに限るよな」

俺もまだ若い方に分類されると思うけど、ユズリアと同い年の妹からはおっさん臭いと言われたからなあ。

魔力溜まりは夜だというのに、ぼんやりと光を放ち続けている。なんなら、若干眩《まぶ》しいくらいだ。触れるだけで魔力が急速に身体へ流れ込んでくるほどの高濃度。光を放っているのは浄化の力が働いているためだろう。まるで魔力ポーションと聖水を掛け合わせたような泉だ。

魔力ポーションは体内の魔力を回復させるために人工的につくられた液体で、聖水はあらゆる状態異常を治すことができるものだ。市場《しじょう》では、どちらも高値で取り引きされている。だから、この泉の水を瓶に詰めて売るだけで、屋敷が建つくらい稼げそうだ。

「いかん、いかん。また金のことばっかり考えている」

この十年。ひたすら金銭のことを第一に考えて行動してきたせいだ。こういうのを銭ゲバっていうんだったか。我ながら、悲しい青春を過ごしたものだ。

きっと、人のいない場所で生活したいという欲が無性に強いのも、間違いなく銭ゲバ生活のせいだろう。

でも、今は何も気にせず、思うままに過ごしていいのだ。

満天の星空と温かな空間。そして、多分、きっと、おそらく、ｍａｙｂｅ、ｐｒｏｂａｂｌｙ、ｐｅｒｈａｐｓ、もう誰も来ない土地！　……あと一応、可愛い同居人。

あれ？　結構、完璧なスローライフ環境ではないだろうか。一応、危険度Ｓ級の場所ではあるけれど。

俺は大きく息を吸い込んで、吐く。胸につっかえていた重りがようやく外れたようだ。

やっぱり、今日は眠気なんて来そうにない。

俺は足を泉に浸し、相変わらず下手くそな鼻歌を奏《かな》でるのであった。

◇　◇　◇

まるで寝覚めをせき止めていた何かがふいに消えたように、意識が濁流《だくりゅう》の如く脳を揺らした。覚《かく》醒《せい》に至らない微睡《まどろみ》の中、私――ユズリア・フォーストンは鼻腔《びこう》をくすぐる香りに空腹を刺激される。

そろそろ、ロアと見張りを変わらなきゃな……

瞼《まぶた》をすり抜けて感じる朝焼けの気配。頬をなぞる若草もどこか湿り気を感じた。

そう思い、ようやく矛盾に気が付く。

あれ？　今って……

ぱっと目を開けると、周囲の明るさに少しだけ眼球の裏がきしきしと痛みを感じる。未だはっきりしない脳が、状況を必死に読み解こうとしていた。

陽が出てる？　あれ？　なんで……

冒険者が寝過ごすなんて絶対にありえない。確かに私は四時間で起きて、丑三《うしみ》つ時《どき》から朝まで見張りをするつもりだった。どんなに疲労が蓄積していようが、魔物の蔓延る地で熟睡なんてするはずがない。

じゃあ、どうして今が朝なのだ。

勢いよく身体を起こすと、すぐそばに腰かけていた男がその気配に気が付き、振り向く。

「おはよう」

何気ない一言だった。実に白々しい。

「……ロア、私に何かしたでしょ」

「さあね」

ロアは口元に小さく笑みを浮かべ、湯気の立つ鍋を玉杓子《たまじゃくし》でかき混ぜる。ロアが私に魔法か何かを仕掛けたことは明白だ。でなければ、私が起きられないなんてことは考えられない。

ロアは一言で言えば奇妙な人だ。こんな何もない土地に住むとか言い出すし、何より、珍妙《ちんみょう》な強さだった。ひょろひょろな身体なのに、武器も持たないで、私を圧倒《あっとう》した。それもまぐれの一度や二度じゃない。この人には勝てない。そう心から思わされるほどだった。

人間の四肢《しし》など簡単に吹き飛ばす蹴りも、鋼のように固い魔物の鱗《うろこ》も貫く剣撃も、私の攻撃全てが、ロアに触れた瞬間すっと吸い付くように衝撃すらなく、彼とくっ付いた。さらには、ロアに触れていない足まで棒のように固まって動かなくなる始末。相対したことのない魔法だった。もしロアに殺意があったなら、本当に手も足も出ずに首をはねられていただろう。

ぞっとした。同じＳ級冒険者だとは思えなかった。

私が弱すぎる……？　いや、そんなはずはない。滅多《めった》に人を褒めない師匠にだって、胸を張っていいと太鼓判《たいこばん》を押されたくらいだ。

初めての人類圏外、Ｓ級冒険者かそれに相当する実力の者にしか生存が難しいＳ級指定地帯で、さらに不眠でパフォーマンスが落ちていたとしても、私があんなボロボロに負けるはずがなかった。

しかし、きっと、万全の状態で戦っても結果は変わらないだろう。

ロアならば、あの人に勝つことも可能かもしれない。

改めて、ロアを見る。背は私より頭一つ分高く、人族には珍しい黒髪、そして黒目。お世辞にも褒められない筋肉量の身体。身体を纏う魔力のオーラはそこら辺の商人と同じくらいだ。とても冒険者には見えない。落ち着いた顔立ちで、元の素材は悪くない。十分整っていると思う。むしろ社交界の煌《きら》びやかさにうんざりしていた私には、特別で魅力的に思える。

「ロアの魔法って、一体なんなの？」

私の純粋な問いに、ロアはスープを器《うつわ》によそいながら、「うーん……」と軽く首を傾げる。

「魔法は極力人に教えない方がいいって習っただろ？」

「いいじゃない。これから生涯《しょうがい》一緒なんだし」

見合い話にうんざりしていた私にとっては、ロアと結婚し、この土地で暮らすことはむしろ好都合だ。ロアは引退したと言っているが、ギルドカードは返却していないし、S級冒険者で地位も確立されている。さらに、私を圧倒する強さ。そして、自分を殺そうとする相手を女だとしても絶対に傷付けない人柄。まあ、これに関しては、私と同じようにその優しさに付け込む人が現れそうで少々難ありではあるのだけれど。

あの時は勢いで伴侶になれなんて言ったものの、冷静に見ても超優良物件だ。

「結婚の話、まだ続いてたんだ……」

「当たり前でしょ。ロアは私の裸見たんだから。あー、お嫁に行けなくなっちゃったなぁ～」

「うぐっ……」

ロアは観念したのか、黙りこくって私にスープをよそった器を差し出す。じんわりと器から温かさが冷えた手に伝わる。

「だからほら、教えてよ。もちろん私の魔法も教えるから！」

私がそう言うとロアはちょっと嫌そうに顔をしかめた。そして、軽くため息を吐いて口を開く。

「昨日、ユズリアに使ったのは『固定』って魔法。指定した物体と物体を文字通り固定するんだ」

ロアが右の人差し指と中指を立て、シュッと振り下ろす。そして、器を載せた左手のひらを鍋の上で逆さにした。器は彼の手から離れず、中身のスープだけが鍋に落下する。私は手を伸ばして器を引っ張ってみるけれど、びくともしない。

「へえ～、面白い魔法ね」

「範囲は限られるけれど、目に見えているもの同士なら自由に発動できるよ。例えば、ユズリアの靴とそれに触れている草をくっ付けたりね」

ロアがもう一度、右手を振り下ろす。彼が私の右足を指さすから、足を上げてみると、靴の中で足を動かすことはできるけど、靴自体を地面から上げることはできず、まるでびくともしない。重いとか、そんなんじゃない。魔力の通っていない攻撃を防ぐ魔法である物理障壁を手で押すような、絶対に動かすことのできない、そういう感覚だ。

「他の使い方もあるけど、主な使い方はそんな感じ。もちろん、弱点もある。見えていない箇所、今だとユズリアの足自体は見えていないから、指定することはできない。だから、靴を指定するしかない。脱げば、簡単に抜けられてしまう」

濁した他の使い方とやらが気になるところではあるが、どうせ聞いても教えてくれないのだろう。

私は靴から足を引き抜く。確かに、足自体に魔法がかかっているわけじゃなかった。

「でも、そうしたら今度は私の足を指定できるじゃない」

「もちろん」

「やっぱり、弱点なんてないじゃない」

「も、もちろん？」

思わず息が零れる。なんて地味で、そしてなんて理不尽な魔法なのだろう。

「効果時間は？」

「俺が解除するまでずっと。もしくは、『魔法除去《リリースマジック》』をかけられるまでかな」

『魔法除去《リリースマジック》』は魔法による麻痺《まひ》や毒といった状態異常を解くための、冒険者には必須の魔法だ。ただし、発動までに短くとも二十秒はかかる。二十秒もあれば、S級冒険者が相手の命を奪うことなど容易《たやす》い話だ。

「はぁ……ロアが化け物だってことはよく分かったわ」

「そうでもないよ。俺が視認《しにん》できない速さで心臓を貫かれれば終わりだし、何より、視界が奪われたら『固定』は発動できない」

「……確かに」

「まあ、もちろんそれなりに対処法はあるから、あまり問題はないんだけどね」

「もしかして、まだ他の魔法か何か隠してる……？」

ロアがゆっくり目をそらす。これは、まだ手の内を隠しているな。当たり前にそう感じた。

「ユ、ユズリアの魔法はなんなんだ？」

若干、上擦《うわず》った声のロアにわざとらしく眉をひそめておいた。まあ、いい。隠している手札も、そのうち見る機会はくるだろう。

「私は『雷撃《らいげき》』と『身体強化魔法《バミューム》』の組み合わせね。ロアは知っているを思うけど、雷を自在に操ることができるのが『雷撃』で、身体能力を何倍にも跳ね上げるのが『身体強化魔法《バミューム》』よ」

「なるほど、『身体強化魔法《バミューム》』か。どうりで、あの速さに身体が耐えられるわけだ」

スプーンが器の底を叩く。気が付けば、よそってもらったスープは全て胃に収まってしまっていた。

小さく微笑んで手を差し出したロアに、私は少し照れながら器を渡した。ロアが追加のスープをよそう。

「誰かさんに動きを止められちゃ、なんの意味もないけどね。こんなことなら、閃光《せんこう》でも放ってロアの目を潰しておくんだった」

「ははっ、そしたら俺はユズリアに貫かれるしかなかったね」

「それなりに対処法があるんでしょ？」

「あるけれど、俺がそれを人間に使うことはないよ」

ロアが視線を落とす。前髪がその悲《かな》し気《げ》な瞳を暗く隠した。

「自分の命がかかっていても？」

「そうだね」

「じゃあ、私の命がかかっていたら？」

「……流石に使っちゃうかな」

そう言いながら、ロアは頬をかく。

ある程度ロアの返答は予想していたが、自分より私を大切に思っているかのような発言に胸が高鳴り、自分の顔が熱を帯びるのが分かった。

「もういいだろ？　さっ、飯食い終わったら、家でもつくろう」

気まずそうに話を切り上げて背を向けるロアから、しばらく目が離せなかった。

◇　◇　◇

さて、それではスローライフの第一歩として、家をつくろうと思う。

衣食住。どれも大事だが、火急《かきゅう》を要《よう》するのは住まいだ。衣類に関しては問題ないし、食料もまだストックがある。尽きたら魔物を狩りに行けばいい。魔素の森に入ってから、食用にできそうな魔物は何体も見た。

「というわけで、まずは家をつくろうと思うんだけど、本当に俺とユズリアの二人で住むのか？」

「あったりまえじゃない」

「あったりまえなんだ……」

「でも、家をつくるって、ここには私たちしかいないのよ？　大工を連れてくることもできないし」

ユズリアの疑問は当然だ。もちろん、貴族の彼女に建築の知識があるとは思えない。

「俺が建てるから、安心してよ。ユズリアには木材を調達してきてもらおうかな。木ならそこら中に余るほどあるし」

ユズリアは眉にしわを寄せて黙りこくっている。いや、呆《あき》れているのだろうか。

「木が切り倒せないなら、俺がやるけど……」

「馬鹿にしないで。それくらい『身体強化魔法《パミューム》』があればできるに決まってるわよ！　そうじゃなくて」

「むっ、他に何か？」

「家って、道具がないと建てられないのよ？　一般教養を受けてないにしても、常識だと思うのだけれど」

なるほど、彼女はそっちの心配をしていたのか。それにしても、貴族のお嬢様に庶民《しょみん》的な常識を諭《さと》されるとは恐れいった。

「その心配ならご無用。とりあえず、設計図を考えているから、材料の木を持ってきてもらえるかな」

「……まっ、私にアイデアがあるわけじゃないしね。伴侶の世迷言《よまいごと》にも妻が付き合ってあげるとしましょう」

「まだ言ってる……」

ユズリアは意地悪そうに舌を出して森の奥に足を踏み入れる。おい、可愛いな、やめてくれよ。

その背を見送りながら、声をかける。

「あんまり遠くへ行くなよー！　危なくなったら、大声で呼べー！」

「私だってS級よ！」

そんな反論が木々の奥から返ってくる。どうにも、ユズリアが同じS級冒険者だと忘れそうになる。昨日なんて、一歩間違えれば初撃でユズリアに喉元を突き破られていたというのに。

その状況を思い出して、背筋《せすじ》が冷えた。なるべく、怒らせないようにしよう。それがいい。妹だって、ぶち切れると手の付けようがなかったからな。その点、ユーニャは大人しくて可愛いもんだった。

少し距離が離れたところで、雷鳴が天を貫いた。次いで、木々が倒れる振動が地面から伝わる。

こうしちゃいられない。さっさと大まかに設計図をつくってしまおう。パンプフォール国での住まいは、五年ほど前に土地だけ買って自分で建てた家だった。今回もなんとかなるだろう。

その後、何度か同じように雷が瞬き、ユズリアが戻ってきた。

「とりあえず、これくらいでいい？」

そう言いながら、樹齢《じゅれい》数百年はあろう巨木を、四本まとめて軽々引きずってくる華奢《きゃしゃ》な女の子。

うん、やっぱりユズリアを怒らせては駄目だ。

「あ、ありがとう……多分、足りると思う」

「でも、この木は魔素を十分に吸っちゃってるから、使えないんじゃない？」

確かにユズリアが持ってきた木々は幹も葉も魔素によって黒々と染まっている。魔素を含んだ木材は耐久性が下がり、一般的には資材として使うことができないとされている。

「とりあえず、泉の中にぶち込んでみようか。それで駄目なら、他の方法を考えよう」

「それもそうね」

ユズリアはひょいっと一本の巨木を持ち上げ、泉に突き刺す。深さが人の腰辺りまでしかないから、巨木の根本《ねもと》が浸かるだけだ。しかし、次の瞬間、泉に浸かった部分がすっと鮮やかな黄櫨色《はじいろ》に染まり、ぐんぐんと上の方まで色が変わっていく。ほんの数秒で幹が浄化され、葉も緑のみずみずしさを取り戻してしまった。

「す、すごいな……」

思わず声が漏れる。

「これ、ただの魔力溜まりじゃないわよね……」

泉の正体は謎に包まれたままだが、すさまじい浄化能力を持っていることが分かった。

四本の巨木を全て浄化した後、その巨木を家をつくるのに使える形へとユズリアに成形してもらう。彼女が細い剣一本で木を加工する様を職人たちが見たら、怒り狂って襲いかかってきそうだが、今だけは目をつむってもらうとしよう。そもそも、専用の道具もなしに巨木を綺麗に断ち切るなんて、『雷撃』を使いこなす彼女にしかできない芸当だ。人間とは思えないことを次々こなしているんだから、もっとその豊かな胸を張ってくれていいのに。

「それで、結局ここからどうするのよ」

目の前に山盛りになった様々な寸法《サイズ》の木材を見て、ユズリアが疑問を投げかける。

「まあ、見てなって」

俺は柄にもなく腕をまくる。そして、柱となる大きな木材を掴み、グッと力を入れた。そう、思い切り、踏ん張って、使えもしない『身体強化魔法《パミューム》』の術式を胸の中で唱えて、せーのッ！

…………

しばしの沈黙。遠くから、鳥型魔物の甲高い鳴き声が聞こえてきた。

うん、無理！

ほとほと呆れ顔のユズリアに木材を持ってもらう。

なんか、本当にすんません。

尊厳の欠片《かけら》もない自分に涙を流しながら、木材と木材のつなぎ目に『固定』をかける。

『固定』には対象同士をくっ付ける効果に加え、硬化作用も働く。だから、これで俺が『固定』を解除しない限り、どんな衝撃を受けようが、地震に襲われようが、魔法に包まれようが、木材が離れることはない。

「へぇー、これなら確かに家を建てられそう。本当、とんでもない魔法ね」

ユズリアが感嘆《かんたん》の声を上げるが、俺は元々ない胸すら張る気にならなかった。

「僕、くっ付けることしかできないんで……へへっ……」

「一人称変わってるじゃない……」

そんなこんなで、ユズリアに木材を持ってもらい、俺が『固定』をかけて、組み立てる作業を繰り返す。ユズリアに間取りの希望を聞きながら、都度設計を変えていき、数日かけてようやく念願の家が完成した。

天井の高い一階建てのウッドハウスだ。玄関を開けてすぐに広い居間《リビング》。その横に調理場《キッチン》を設け、反対には大きめの風呂場《バスルーム》。居間の奥に寝室を二部屋。各所に光の魔石を取り付け、寝室のベッドには魔素の森に棲むAランク相当鳥型魔物の高級羽毛でつくった枕と敷布団《マットレス》。調理場と風呂場には火の魔石と水の魔石を取り付けておく。魔石は、魔力を流せば誰でも光らせたり火をおこせたり水を生成できたりする便利な代物だ。

文句の付けようのない完璧な一軒家（最高の庭付き）。寝室が二つあることに首を傾げてはいたが、ベッドは大きくしたいなど、ユズリアの要望にも沿った満足のいく出来。まさにスローライフに相応しい。

「で、できたー！」

「ああ、今日からここが俺たちの住まいだ！」

まだ閑散《かんさん》とした居間に二人で身を投げ出して大の字になる。天井を高くしたおかげで随分と開放的な気分だ。深呼吸をすると、魔素の森に生えていたとは思えない芳醇《ほうじゅん》な木の香りが肺を満たす。

横目でユズリアの様子を窺《うかが》うと、彼女も満足げに目を細めていた。

「でも、まだ色々と揃えなきゃいけないものもあるわね」

ユズリアの言葉に俺は深くうなずく。これで完璧に満足したというわけではない。

「そうだな。テーブルと椅子はつくったけど、それにしても殺風景だもんな」

「今度、実家から調度品《ちょうどひん》を持ってこようかしら」

「貴族御用達《ごようたし》の生活用具って、スローライフにはつり合わない気がするんだけど……」

完璧に自然と調和したこの空間に、煌《きら》びやかな装飾はあまり似つかわしくないな。

「それもそうね。じゃあ、今度街まで行って、買い揃えましょう」

「街って、ここから一番近いロトゥーラの街でも馬車で一週間はかかるぞ？」

「あら、私にかかれば二日で往復できるわよ」

確かにユズリアの『身体強化魔法《パミュール》』と『雷撃』を以《もっ》てすれば、それくらいの早さで行き来できてもおかしくはない。うらやましいくらいに便利な魔法だ。

「じゃあ、お使いでも頼みますか」

「貴族を使いっ走りにするなんて、顔に似合わず随分と豪胆《ごうたん》なのね」

「勘弁してくれ……」

ユズリアは可笑《おか》しそうに笑う。つられて俺も笑みが零れていた。

第二章　弾かれ者たち

窓の外から小鳥のような鳴き声が聞こえた。

朝陽に瞼《まぶた》の裏がちかちかと瞬く。

窓掛《カーテン》けも買わないとなぁ。そんなことを思いながら目が覚める。

伸びをしようと布団を剥ぐと、左腕にずしっとした重さと柔らかさを感じた。横に目を向けると、俺の腕にしがみついて小さな寝息を立てるユズリアの姿。普段の冒険者着ではなく、薄水色の襯衣《シャツ》に丈の短い膝上のショートパンツ。

目のやり場に戸惑った俺は、天を仰《あお》いで昨日の晩を思い返した。

「へい、そこのお嬢さん、どうして同じ寝室に入ってくるんだい？」

「？　寝るからに決まってるでしょ？」

なるほど、ユズリアはこっちの寝室を使いたいわけだ。間取りも内装も二部屋一緒につくったというのに、ユズリアは風水でも気にするタイプなのだろうか。

「そっか、じゃあ、俺は向こうの寝室で寝るわ。おやすみ」

そう言って、なるべく薄着のユズリアに目を向けないように部屋を出て、隣の寝室に入った。

「……へい、お嬢さん、だからどうしてついてくるんだい？」

「寝ないの？」

ユズリアは不思議そうに首を傾げる。

いや、寝るともさ。そりゃ、今日も疲れたわけだし、さっさと休息を取りたいよ？

「……まさか、同じ部屋で寝るつもりなのか？」

「当たり前じゃない」

枕を両手で抱え、ユズリアはベッドに身を投げ出す。

「なんのために寝室を二部屋用意したと思ってるんだよ」

「なんのためにベッドを大きくつくったのよ」

そんな言い合いの後、結局互いに触れないという妥協案《だきょうあん》で、俺が折れることになった。ただでさえ脅《おど》しの材料を握られているというのに、既成事実までつくられようものなら、俺は本当に逃げ場をなくしてしまう。


幸い、他の男たちが夢に見るようなことにならずに朝を迎えられ、俺は深い安堵《あんど》の息を吐く。それにしても、互いに触れないと約束したのに、このお嬢さまは寝相《ねぞう》が悪いらしい。

小鳥のような鳴き声が再び窓の外から聞こえた。同時に窓硝子《まどガラス》を叩くコツンという音。

「ん？　鳥……？」

天を仰いだまま、疑問が頭をよぎった。普通の小鳥が魔素の森を抜けられるはずもない。いるとすれば、鳥型魔物だが、明らかに魔物の気配は感じられない。俺はそこまで考えて、ようやく窓の外に目を向けた。

「あれは、魔法鳥《マジックバード》？」

透き通る緑黄色の鳥が窓を小さな嘴《くちばし》で叩いていた。そして、その口元には手紙のようなものが咥《くわ》えられている。

魔法鳥《マジックバード》は主に小さな荷物などの郵送に使われる、魔法でつくられた鳥だ。対象の痕跡となるものを触媒《しょくばい》にすることで、対象がどこにいようとも荷物を送り届けることができる。

窓を開けると、魔法鳥《マジックバード》は俺の手のひらに乗り、小さく鳴く。嘴に咥えられていた手紙を受け取ると、役目を終えたのか、スーッと空気に溶けるように消えていった。

「俺宛てか……」

不思議に思い、手紙を開く。一行目を見て、すぐに差出人を察した。

『愚鈍《ぐどん》な兄へ
雪舞鳥《スノーバード》が寒さを告げる今日この頃、いかがお過ごしでしょうか。

先日はお手紙ありがとうございます。

内容はさておき、私は後一か月で帝立魔法専門院《ていりつまほうせんもんいん》を卒業します。

今、どんな状況なのか近況報告をすぐに送ってください。

私の触媒を付属しておきます』

文面からでは読み取りにくいが、どうやら妹は俺の行動にご立腹《りっぷく》の様子だ。兄としての長い経験で培われた感覚がそう告げている。

「へー、ロアって妹さんがいたのね」

気が付くと、いつの間にか起きていたユズリアが肩越しに手紙を覗き込んでいた。

「お、おはよう」

「うん、おはよう！」

嫣然《えんぜん》とほほ笑むユズリア。うん、悪くない。素直に癒《いや》されておくことにした。

「それにしても帝立魔法専門院かぁ。貴族だろうが才能がなければ入学できないって噂の、とんでもない名門じゃない」

手紙の「帝立魔法専門院」という文字を見てユズリアはそう呟く。

「あいつは才能もあるし、努力家だからな。昔から通いたがってたし、俺が無理矢理入学させたんだ」

名門なだけあって、学費はとんでもない金額だった。しかし、そんなこと大した問題ではない。

母親が病で亡くなり、父親の遺した借金を知ってから、妹は幼いながら夢を語らなくなった。あんなにも目を輝かせて話していた帝立魔法専門院のことも一切口に出さなくなったのを、よく覚えている。

そんな妹を見て、俺は冒険者になる決意をした。パンプフォール国についてこようとする妹を半強制的に帝立魔法専門院に入学させ、俺は一人で冒険者に。今思えば、この決断が正しかったのか分からない。けれど、俺は妹には我慢や苦悩をしてほしくなかった。

一家の汚点である父親の尻ぬぐいは、俺だけで十分だ。

それにしても、もう卒業なのか。十年という月日は長いようで短い。

帝立魔法専門院を卒業できれば、将来を約束されたようなものだ。国仕えの魔法師団へは試験をパスして入団できるし、そうでなくても学院の教師や、魔法による新しい有用性を研究する魔法研究所など、安定した職場はいくらでもある。

そうして、いつか良い人を見つけて兄よりも早く結婚するのだろう。いかん、泣けてきた。

朝食はユズリアが用意してくれるらしいので、その間に妹へ送り返す手紙を綴《つづ》る。無事、魔素の森に噂の聖域を見つけたこと。そこに住む決意をしたこと。そして、一応ユズリアの存在も書き記しておいた。

朝食を取った後、俺は泉の前に座り込んで作業を始める。やることもなくついてきたユズリアが隣でまじまじと泉を覗き込む。

「ねえ、これ何をやっているの？」

ユズリアの問いかけに、俺は昨晩、泉の中に沈めておいた廃棄の魔石を取り出す。魔力を使い切った魔石は力を失い、ただの石ころになる。しかし、泉の中から取り出した魔石はぼんやりと光を放っていた。

「捨てる予定だった廃棄の火の魔石を試しに泉に入れておいたんだけど、どうやら泉の魔力で火の魔石とは違う効力の魔石になったらしい」

「この光り方って、もしかして聖《せい》の魔石?」

どうだろうと思い、試しに一つナイフの柄《え》で魔石を叩き割ってみる。すると、魔石の割れ目から眩いばかりの閃光が溢れ出て、一帯を白く染め上げた。辺りが温かい魔力に包まれ、そばに置いてあった魔素に塗れた木材が浄化される。

「なるほど、間違いなく泉の魔力を吸い上げて聖の魔石になっているみたいだ」

これを聖域の周囲に撒いておけば、一層魔物が近寄りがたくなるだろう。ここ数日、魔物の気配は遠くにしか感じていないが、念には念を入れてというやつだ。

魔石の性質が変わるなんて本来ならありえないはずだが、この際深くは考えないようにしよう。

俺は聖の魔石を聖域と魔素の森の境界に置いて、『固定』をかけ、風で飛ばされないようにする。これを聖域の周りに一周ぐるっと等間隔に設置すれば、目に見えない魔物用の防壁の完成だ。景観《けいかん》を損なわない素晴らしい案なのではないだろうか。景観といっても、魔素の森の薄暗い景色だが。

聖の魔石の最後の一つを設置し終え、昼食のために家へ戻ろうとした時、不意に後ろを子供の鴨《かも》のようについてきていたユズリアが息をひそめた。

「――誰かいる」

ユズリアに耳打ちされ、俺は自然に二本指を立てた。そして、遅れること数秒、ようやく俺の気配察知に何かが引っかかった。どうやら、気配察知に関しては俺よりユズリアの方が上手《うわて》らしい。

「魔物じゃなさそうだ」

俺の呟きに、ユズリアが小さくうなずく。

「……どうする？」

ユズリアは腰に提《さ》げた鞘《さや》から細剣を引き抜いた。ユズリアの表情に曇りはない。流石はＳ級冒険者だ。

俺としても、自宅近くの不安要素を野放しにすることはできない。返事の代わりにうなずいて歩を進める。さっきまで真後ろをついてきていたユズリアだったが、今は俺の斜め後ろに位置取っている。そうすることで俺の背中によって遮られていた視界が開け、いざとなれば、瞬時に動けるようになる。これなら、連携についてはとやかく言わなくても大丈夫そうだ。全部ではないにしろ、互いに使用する魔法は知っているわけだし。

俺たちは気配のする方向に進むが、相手は動きがない。こちらの存在に気が付いていないのか、気配察知する余裕がないのか。どちらにせよ、魔素の森の奥地を彷徨《さまよ》うくらいだ。同業者と見ていいだろう。

草木をかき分け、気配の元を辿る。しばらくして、前方に人影のようなものが見えた。足を止め、ユズリアにも手で合図する。

「おーい！　そこの人！」

俺はひとまず、声を投げかけてみる。目を凝らすと、人影はどうやら地面に横たわっているようだ。しかし、返事はない。

「ねえ、あれって石化してない……？」

ユズリアが人影の足元を指さす。うっすらと灰色に染まる足先が見えた。

「今からそっち行くけど、敵意はないからな！」

俺は念を押してそう叫びながら、人影に近づく。距離が縮まるにつれて、状況が分かってきた。

その人影の正体は随分小柄な少女で、白色と黄金色のぼわっとした大きな二股の尻尾に、黄金色の髪の上に生える狐耳。特徴的な白い羽衣《はごろも》の装束《しょうぞく》は、月狐族《げっこぞく》のものだろう。右足が石化し、気絶してしまっているようだった。

「ユズリア、周囲の警戒を頼む」

「分かったわ」

おそらく、魔物との戦闘で石化の魔法を食らい、這ってここまで逃げてきたところで気絶してしまったのだろう。

石化はとてつもない激痛を伴う。聖水以外では解けず、『魔法除去《リリースマジック》』でも治すことは不可能。さらに、石化した部分を破壊されてしまえば、二度と元に戻ることはない。冒険者にとって、最も嫌われる状態異常の一種だ。

俺は少女を抱きかかえ、念のため石化したところと生肌の境目に『固定』をかける。そうすれば、石化した部分が壊れたり、足から離れたりする心配もなくなる。

ユズリアに先行してもらって経路を確保し、聖域まで戻る。

『固定』を解除して泉に少女の足を浸けると、瞬く間に石化していた部分が元の色味を取り戻していく。それに伴って、苦痛に歪んでいた少女の表情も和《やわ》らいだようだ。

「良かった。ちゃんと効いたわね」

ユズリアがほっと胸を撫でおろす。

「ああ、やっぱりこの泉は相当な浄化効果持ちだ。助かったよ」

目を覚まさない少女を予定外の空き部屋となった寝室に寝かせ、ようやく一息つく。ひとまず、少女が起きたら色々聞くとしよう。


月狐族の少女は、陽が落ちる頃に目覚めた。警戒心を剥き出しにしていたので、俺がギルドカードを見せると、少女はすんなりと大人しくなった。

念のため、少女の荷物は預かっている状態だが、一般的に武《ぶ》に長《た》けていない月狐族が、生身の状態だからといって油断はできない。何しろ、魔素の森をうろつけるほどの実力者なのだ。と警戒していたが、少女はげんなりとした様子で向き直る。

「危ないところを助けていただき、ありがとうでありまする」

ベッドの上でかしこまり、おずおずと頭を下げる少女。その狐耳もどこかしょんぼりと垂れている。

「無事でよかったよ。俺はロア。ギルドカードで見せた通り、一応S級冒険者だ」

「ユズリア・フォーストンよ。よろしくね！」

少女はユズリアの名前を聞くなり、上げかけていた顔を慌てて下げる。分かるぞ、その気持ち。

「貴族様でありますか。とんだご無礼をおかけしましたであります。某《それがし》、月狐族のコノハと申すでありまする」

「今度から家名を名乗るのやめようかしら……」

呆れるユズリアの様子を窺うように、そーっとコノハが視線を上げる。

「安心してくれ。彼女は貴族として接されることを好んでないみたいだから」

「そうよ。冒険者に地位も家系も関係ないわ」

俺に頷いたユズリアが、コノハに手を差し伸べる。

「……そうでありますか。では、改めてユズリア殿、ロア殿、助けていただきありがとうでありまする」

そうは言うが、コノハの表情はどこか芳《かんば》しくなかった。複雑そうに視線を彷徨わせている。

「ところで、魔素の森をうろついていたってことは、コノハもS級冒険者なのか？」

「はい、某は月狐族の集落唯一のS級冒険者でありまする」

月狐族は人族の街に住むことはない。各地に集落を持ち、用がある時のみ人里に下りてくる。

「魔素の森には依頼で来たの？」

ユズリアがコノハの荷物を持ってくる。害はないと判断したのだろう。

「いいえ、お恥ずかしい話ですが、里を追放されてしまいまして。人族の街に行くことも憚《はばか》られ、各地を放浪《ほうろう》している途中でありました」

「月狐族は仲間意識が高いから、滅多に同族を追い出すような真似をしないと聞いたことがあるんだけど」

ユズリアが首を傾げ、コノハの肩がぎくりと跳ねる。

「そ、そうなのでありますが……実は某、少々間が抜けておりまして、夕餉《ゆうげ》をつくろうと鍋を火にかけたまま居眠りをしてしまい、里中を火事にしてしまったでありまする」

徐々に小声になっていくコノハ。確かに村を壊滅させかけたのであれば、追放もやむなしということなのかもしれない。しかし、なんだろうか、この釈然《しゃくぜん》としない雰囲気。

「そ、そうか。えっと、俺とユズリアが森で倒れているのを発見した時は、足が石化していたんだけど、人喰虎《マンティコア》か髪目蛇《メデューサ》でも出たのか？」

どちらも石化の魔法を使う魔物だ。Ｂ級指定の魔物だが、強い個体ならば魔素の森に生息していても不思議ではない。

コノハは目を合わせようとしない。バツの悪そうな表情で頬をかく。なんだか、どんどん彼女が小さくなっていっているような気がするんだけど。

「……あれは自分の魔法でありまする」

ぼそっと呟くコノハ。

「それじゃ、コノハは自分の魔法を食らって気を失ってたってこと？」

ユズリアの問いかけに、コノハがさらに視線をそらす。もう首が真横を向いてしまっている。

「某、『異札術《いさねじゅつ》』の方を得意としてまして、その、暴発とでも言いましょうか……はは っ……」

なるほど、よく分かった。この少女、とんでもないおっちょこちょいなのだ。

『異札術《いさねじゅつ》』とは、事前に効果を封じ込めたお札《ふだ》を用いて術式を発動する魔法。札に効果を封じ込める時には魔力を使うものの、発動時には魔力を消費しない。そのため、手札を大量に用意しておくことで、重複《ちょうふく》による瞬間的な高火力を実現でき、術式を絶え間なく使い続ければ持久戦もこなせる、優れた魔法だ。ちなみに、術者本人以外が札を使うことはできない。

「つまり、石化の能力の札をうっかり自分の足元で使ってしまったと」

それしか考えられないのだが、思わず聞いてしまった。

「え～と、まあ、その通りであります……」

しかし、『異札術《いさねじゅつ》』の暴発など、あり得るのだろうか。そんな疑問が俺の頭にぷくりと浮かぶ。

コノハが間抜けという認識だけで、本当にこの話を完結させて良いものか……

「その、なんだ、石化は浄化が完了しても、元の機能を取り戻すまでに一週間くらいは時間がかかる。その間はとりあえずここでゆっくりしていってくれ」

「そうね。まだ私たちも住み始めたばかりだから、大したおもてなしもできないけれど」

コノハはきょとんとした顔で固まる。

「どうした？　もしかして、まだ足が痛むか？」

視線をコノハの足元に移す俺に、彼女は慌てて首を横に振った。

「あっ、いえ、大丈夫であります。それより、本当によろしいのでありますか？」

「何が？」

「その、ロア殿とユズリア殿は夫婦《めおと》でございましょう？　しかも、住み始めたばかりとなれば、所謂《いわゆる》、新婚ラブラブというやつなのでは？」

その言葉を聞いて、俺は絶句した。初対面のコノハから見ても、やはりそういう風に感じてしまうのだろうか。

隣で激しくうなずくユズリアは見なかったことにしよう。

「いや、俺とユズリアはコノハが想像するような関係じゃないんだ。本当にただ一緒に住んでいるだけなんだよ」

「今はまだ、ね！」

ユズリアさんは少し黙っていてください。ややこしくなるから。

「むむっ、某には分からぬ人族の決め事とやらでありますな。承知したであります。それでは、しばし、厄介になりまする」

コノハは二つの尻尾を左右に揺らし、ようやく微かな笑みを浮かべた。

こうして、一時的にではあるが、俺のスローライフの舞台にまた一人同居人が増えたのであった。


コノハが同居人となってから数日後。

「食料の危機です」

朝食後、俺がそう言うと聖域産のハーブティーに舌鼓《したづつみ》を打つユズリアとコノハが、不思議そうにこちらを見る。

「確かに備蓄はそんなないけれど、魔素の森には茸《きのこ》がたくさん自生しているし、お肉だって食用が可能な魔物を狩ればいいじゃない」

ユズリアがコノハの頭を撫でながら言う。この二人、数日ですっかり仲良くなったようだ。

「なんなら、某が今から狩りに行ってくるでありますよ？　こう見えて、月狐族は狩猟で生活をしていますから、得意分野でありまするる」

「そうか、俺の言い方が悪かった。圧倒的に調味料が足りないんだ」

パンプフォール国から持ってきた塩は残りわずかで、さらにそれ以外の調味料は既に底を尽きた。ハーブなどの香辛料は泉周辺で何種類か生えているから賄《まかな》えるとしても、やはりそれでは料理のレパートリーが少なくなるというものだ。

衣食住の住処と衣類は問題ない。しかし、食事の楽しみがなくては理想のスローライフとは言えない。俺はサバイバルをするためにここに住んでいるわけではないのだ。

「そういうわけで、ユズリアには街へ買い出しに行ってもらおうと思う」

「私？　いいけれど、ロアたちはその間何をするの？」

「俺は畑をつくっておこうと思う。自給自足はスローライフの基本だからな。ユズリアには調味料の他に、作物の種を買ってきてもらいたい」

俺は冒険者になるまでは田舎で農作業をしていたのだ。土地が変わろうと、おそらくは大丈夫だろう。

「分かったわ。ちょうど、実家に手紙も出そうと思っていたし。二、三日で帰ってこられると思う」

「俺とコノハがついて行ったら、往復で半月かかっちゃうからな。頼んだ」

「まっかせなさい！」

念のため、魔素の森の出口付近までユズリアを送って帰ってきた俺とコノハは、畑づくりに取りかかることにした。

まずは畑の場所を決めるところからだ。聖域に畑をつくってもいいのだが、できればそれなりに広さのある場所が好ましい。聖域の大半を畑にしてしまうのは避けたいところだ。

そうなると、必然的に魔素の森に畑をつくるしかない。まずはコノハの『異札術《いさねじゅつ》』で風魔法を封じた札を利用し、木々を伐採して整地する。これだけで一日かかってしまった。

その後、地面に等間隔で聖の魔石を埋め込み、『固定』する。すると、灰色がかった地面がみるみるうちに鮮やかな色味を取り戻していく。おそらく、これで作物が育つようになったはずだ。土壌が農作に適しているかは、やってみないことには分からない。

「さて、じゃあ地面を耕したいんだけど、よく考えたら道具が何もない……」

鍬《くわ》や鎌《かま》なんかを自力でつくるとなると、相当な手間だ。ユズリアに道具の調達も頼んでおくべきだった。

「それならば、某の里に行けば調達できるでありますよ。月狐族は農具を人間族に卸《おろ》して、代わりに布地などをもらいまするので」

「でも、コノハは里を追放されているんだろ？」

「某ではなく、ロア殿が行けばよろしいかと。閉鎖的な里というわけではありませぬ。ちょっと行って、帰ってくるだけであれば問題ないかと」

コノハ曰く、月狐族の里はユズリアが行った街よりも近く、ここから北西へ数日行ったところにあるらしい。ユズリアと入れ違いになるが、善は急げだ。

コノハには聖域の留守を任せた。誰も来ないとはいえ、やっぱり自宅を空けるのは勇気がいる。それに、帰ってきたユズリアに俺が月狐族の里へ行ったことを説明してもらわないといけない。

魔素の森を抜け、久しぶりに聖域以外で鮮やかに彩られた景色を見た。

白って本当に何百色もあるんだなぁ。冬だというのに、魔素の森では降らなかった雪を眺めて思う。

相変わらず人里は遠いが、野生の動物もちらほら見るようになってきた。どうやら、すっかり人類圏へと戻ってきたらしい。

魔素の森は人類圏の外側。未だ開拓に至らない未開の土地だ。魔素の森を抜けて地続きの大陸のさらに奥には魔族が蔓延っているという噂もある。

魔族はこの約七百年の間、数回しか目撃されていない、魔物とは異なる生物だ。彼らは人類の言葉を話し、知性がとても高く、何より、その狡猾《こうかつ》さと獰猛性《どうもうせい》が共通して語り継がれている。人族もしくは月狐族、エルフ族などの亜人種のように人型で、岩山を拳で軽々と粉砕する身体能力と、最上位魔法を連発できるほどの際限のない魔力を持つらしい。過去にはたった一体の魔族に一つの大陸の半分、四つもの大国が滅ぼされたこともある。まさに災厄《さいやく》のような存在だ。

一説では、人の言葉を扱うことから人類の進化形態の行き着く先と言われているが、それに関して、俺は懐疑的《かいぎてき》だ。どちらかと言えば、魔物の突然変異という学説の方がまだしっくり来る。

そのように、様々な見解が散見するのは、結局のところ、人類はまだ魔族のことを全然知らないのだろう。なんせ、目撃例が少ない――つまり情報も少ないのだ。出会えば死を免れ得ないとまで言われることから、討伐に成功して生き残った者の話しか確実なものがない。

魔族が最後に人類圏へ姿を現したのは五十年前。たった一体でいくつかの大きな国を半壊にして、討伐に繰り出した大勢の冒険者を葬り去った。S級冒険者が六名、A級冒険者が二十四名、B級冒険者に関しては数の把握すらできないほどだったらしい。その後、最終的には五人のS級冒険者のパーティーによって討伐された。

そこらのS級指定の魔物なんか、魔族からしたら赤子も同然なのではないだろうか。もし遭遇したら、俺なら一目散に逃げるぞ。命大事に、だ。

その五人のS級冒険者は魔族殺しの英雄として称えられている。数少ないS級冒険者の中でも、特別な五人というわけだ。様々な吟遊詩人《ぎんゆうしじん》が詩をつくり、世界を救った五人として人々に広まっていった。詩の内容の大半は脚色がされているのだと思うが、その功績は過大評価ということでもないだろう。実際、英雄の五人がいなかったら、魔族による被害はもっと広がっていたはずだし、そもそも他のＳ級冒険者がどれだけ束になっても倒せなかったのかもしれないのだから。

俺も小さい頃、村に来た旅人から五人の英雄の話を聞いて、妹とよく英雄ごっことかやったなぁ。まあ、いつも俺が魔族役だったんだけど。

特に他の四人が駆け付けるまで魔族を一人で食い止め、さらに最後にとどめを刺した時空剣《じくうけん》使いの冒険者――通称〝無頼漢《ぶらいかん》の王《おう》〟は、その異名を知らぬ人はいないだろう。彼が数多《あまた》の種類の剣を使いこなして魔族を翻弄《ほんろう》したシーンは、吟遊詩人の詩の中でも一番の盛り上がり所だ。

裏路地のごろつきの親玉からＳ級冒険者まで上り詰めたことがその異名の由来らしいが、魔族殺しの栄光には到底相応しくない異名だ。そのなんとも言えないダサさに、〝釘づけ〟の異名を持つ俺は同情せざるを得ない。是非一度、会って酒でも酌《く》み交わしたいものだ。

さて、三日ほどかけて山の尾根を二つ越え、俺は月狐族の里に辿り着いた。山の中腹、崖下の茂みに隠れるように小さな木の門が見える。

門というよりは、扉に近いかもしれない。少しかがまないと通れそうにない。月狐族は成人してもコノハと同じくらいまでしか成長しないらしい。それなら、確かに大仰《おおぎょう》な門はいらないのだろう。

『七回叩くと、守衛《しゅえい》が里への門を開けてくれまする。後は、工具師の下《もと》へ行けばよいです』

コノハの言いつけ通り、七回門を叩く。しかし、いくら待っても反応がない。

何か間違えたのか……？

不思議に思っていると、門の先から小さな悲鳴が聞こえた。それもいくつも重なって聞こえる。

さらに、足元を揺らす衝撃音。

「なんか、まずいことが起きていそうだな……」

俺は門を乱暴に蹴る。もちろん、びくともしない。我ながら非力さに悲しくなる。

火の魔石を取り出し、ナイフの柄尻《えしり》で力いっぱい叩く。魔石の一部にヒビが入り、そこから眩い閃光と共に一瞬にして火柱が爆発のように立ち昇る。

――『固定』。

火柱と魔石を指定。こうすることによって火の魔石を砕いた時に生じる一瞬の猛火《もうか》を、固定し続けることができる。もちろん、触れればやけどじゃすまない。

俺はヒビの隙間から火柱を上げる魔石を門に投げ入れる。

瞬く間に門が焼け焦げ、後ろで鍵の役割をしていたであろう金具が地面に落ちる。

「よし、怒られたら後で謝ろう」

門の先は両側を見上げるような崖に囲まれた細い通路だ。俺はそこを一直線に駆ける。進むにつれて、悲鳴も震動音も大きくなっていく。

やがて、視界が開けた。だだっ広い円形の広場。屋根が藁《わら》でつくられた家々が立ち並び、畑もそこら中に見える。しかし、藁の家屋はいくつか崩壊しており、畑には鋭いかぎ爪の痕が目立ち、農作物が燃えていた。

「原因はあいつか……」

俺の視線の先には逃げ惑う月狐族たち。そして、全長四メートルほどの大きな図体《ずうたい》、まるで龍の鱗のような深緑の体表、口元に黒煙を漂わせる大きな頭の魔物。怪翼鳥《ワイバーン》だ。大方、上空から迷い込んできたのだろう。こいつは度々《たびたび》人類圏にも現れるA級の魔物だ。

怪翼鳥《ワイバーン》はその堅い鱗のせいで、並みの力じゃ武器を弾かれてしまう。非力な月狐族では魔法が使えない限り、対処は難しいだろう。

怪翼鳥《ワイバーン》は肉食獣のような鋭い牙を覗《のぞ》かす顎《あご》を、火打石のようにカチッカチッと二回鳴らす。その目線の先には地面に転んだ月狐族の少年。

俺は迷わず駆け出した。

間に合うか……？

怪翼鳥《ワイバーン》は口を大きく開け、頭部を少し上げた。そして、上体を反らして息を吸い込む動作。炎熱器官に溜め込んだ可燃性のガスを放出し、火打石代わりの牙で着火させる攻撃——息炎《ブレス》の前兆だ。

まだ、俺と少年との距離は遠い。

怪翼鳥《ワイバーン》の瞳がぬるりと鈍《にぶ》い輝きを見せる。そして、反らした図体を勢いよく振り下ろした。涎《よだれ》の滴《したた》る口からまばゆい閃光と燃え盛る炎が、地を焦がしながら勢いよく放出される。

くそっ……！

俺は滑り込むように少年の前に躍り出て、すぐさま自分の左腕と少年の服に『固定』をかける。

ほぼ同時に、空気を焦がす熱波が襲い、視界が真っ赤な業火《ごうか》に染まった。

胸を震わす轟音《ごうおん》と熱気に反して、俺の頭は冷たく冴えわたっていく。

視界を埋め尽くす炎が消えると、未だ熱気でゆらめく空気と黒煙越しに、怪翼鳥《ワイバーン》の姿が再び露わになった。

すかさず、怪翼鳥《ワイバーン》の両足と地面を『固定』。まずは空に逃げられないようにする。

全く、少し服が焦げたじゃないか。

眼前《がんぜん》でやかましく唸る怪翼鳥《ワイバーン》に文句を垂れつつ、俺はもう一度息炎《ブレス》のためにカチッと顎を鳴らす口元を『固定』。その瞳が焦りに瞬いた瞬間、両眼に向けて『固定』。暴れ狂って上下に羽ばたく翼が草木に触れた刹那、『固定』。

ほんの数秒の出来事だ。

一応、念のためぺちぺちと揺れ動く細い尻尾と地面も『固定』。

怪翼鳥《ワイバーン》はまるで剥製《はくせい》のように全身の動きを固めた。荒い鼻息と、体内の炎熱器官が鳴らす小さな振動だけが、今の怪翼鳥《ワイバーン》から聞こえてくる動きだ。

つむった瞼越しに強い殺気を感じるが、こうなってしまえば怪翼鳥《ワイバーン》は何もできない。

俺は軽く息を吐く。

そして、ようやく周囲に目を向けた。散り散りに逃げ惑っていた月狐族達は皆、動きを止めて固唾《かたず》を呑んでいた。

俺にとっては見慣れた光景だ。

しかし、彼らの目には、怪翼鳥《ワイバーン》が息炎《ブレス》を吐き終わった後、音もなく、ものの数秒で全身の動きをぴたっと止めた――そうとしか映っていない。そして、なぜか息炎《ブレス》をもろに受け、傷一つない人間。

理解が追い付かず、月狐族たちはなんとなく怪翼鳥《ワイバーン》と同じように動きを固めてしまう。

地味すぎる魔法ゆえに、今まで何度も同じ反応をされた。彼らからすれば、魔法だとすら思わないのだろう。もっと派手に剣撃やら、魔法が使えたなら、こんな反応にはならない。

最も地味で、ただくっ付けるだけ。

それが〝釘づけ〟という異名まで付けられるに至った、俺だけの固有魔法。

――『固定』だ。

怪翼鳥《ワイバーン》との一件の後、俺は月狐族の里長《さとおさ》に宴《うたげ》へと招かれた。

「ロア殿は里の英雄でございまする！」

里長が、小さな杖を高らかに振り回しながら、興奮した様子で前のめりになる。

「大げさですよ」

「そんなことはありませぬ。怪翼鳥《ワイバーン》はA級指定の魔物。今の里の者では総力を挙げても太刀打《たちう》ちできませぬ。ロア殿が訪れなければ、某らは皆、逃げ惑うことしかできませんでした」

確かに怪翼鳥《ワイバーン》はA級冒険者がパーティーになって、ようやく討伐できる魔物だ。空を飛んでの強襲は厄介で、しかも他のA級魔物よりも人類圏での生息数が多いため、被害に遭う人々も少なくない。

「こういうことはよくあるんですか？」

よくあったら里がなくなっているとも思えるが、月狐族の里にはあまりにも魔物に対しての対策がなされていないように思えた。普通は常駐で冒険者などを雇って里の護衛をさせるのが、都市部から離れた山村でのよくある魔物対策だ。

「少し前まではS級冒険者がこの里にもおったでありまする」

それはコノハのことだろうか。彼女の名前を口に出そうとして、不意に思い出した。

『某の名は、出さない方がよろしいかと思いまする』

出発前にコノハが言っていた。

コノハの翳《かげ》のある表情が、妙に頭に残っている。俺は、そんな表情に少し覚えがあった。

里に来たのは、それを確かめるためでもある。

「その冒険者は今、どこへ？」

「あやつは自ら里を出ました。某はもちろん止めませんでしたが」

自ら里を出た？　止めなかった？

コノハは里を追放されたと言っていた。なんだろうか、この違和感は。

「その理由は？」

里長は長い顎鬚《あごひげ》をしわだらけの手で撫でる。

「あやつは忌み子《いご》でしてな。月狐族の間では、満月の夜に生まれた子供は災いを呼ぶとされまする。生まれながら、里の端に追いやられ、僅かな食事しか与えられず、幼い頃から外敵との戦いを強いられまする。それゆえ、忌み子の大半は年端《としは》も行かぬうちに命を落としてしまいまする」

胸の内が小さく痛んだ。とはいえ、独自の文化を形成する亜人族ではよくある話。そこに部外者が口を挟めるものではない。

「それは里長、あなたの主導ですか？」

「いえ、某は数年前に里長を引き継いだ若輩者《じゃくはいもの》でありまする。それ以来、忌み子の制度は撤廃したのでありまするが、里に根付いたしきたりの呪いは強いものです」

想像は容易《ようい》だ。里中に嫌われ、恐れられ、体《てい》よく使われていた者が、急に里に馴染《なじ》めるとは思えない。長い時間里を縛ってきた呪いは、同じく長い時間をかけて解くしかないのだ。

「里の者による忌み子への接し方は、あまり変わりませんでした。忌み子が里を歩けば泥を投げつけ、若い者は暴力を振るい、時には自分が犯した罪を忌み子に擦り付ける始末でありまする。経験の浅い某が何を言おうとも、里の者は聞く耳を持ちませぬ」

「嫌な話ですね」

「本当に、お恥ずかしい話でありまする。しかし、隠すことは不要。そうでなければ、これまでと何も変われませせぬ」

里長はどこか遠くを見るように窓の外を眺める。

「その冒険者が里を出たのも、色々と理由がありそうですね」

「ふむ、耐えられなかったのでしょうなぁ。目を覚ませば、消したはずの鍋の火が里を包み込み、里中で指をさされて口々、原因はお前だと言われる。あやつにも分かっておったはずでありまする。誰かに嵌《は》められたことは……」

コノハは追放されたのではなく、忌み子である自分に対しての仕打ちに耐えられずに逃げ出してきたのだ。その話を聞き、俺の胸に感情が湧いた。どす黒く、不愉快なほど膨らむ感情が。

久々だな。

その感情をなるべく小さく、小さく折りたたんで、胸の奥底に押しやる。そして、手を添えてそっと唱える。

――『固定』。

瞬間、気持ち悪いほどに胸が晴れる。ついさっきまで胸中を染めていたもやがさっぱり消え、残ったほんの小さな粒だけが、胸の片隅でまた一つ、塵芥《じんかい》の一部となる。

「里長、もう十分です」

「……そうでありまするな。しかし、最後に一つだけ。その冒険者に出会った時は、伝えてほしいことがありまする」

「……」

「里の者は恨んでよい。しかし、これから出会う者は敵ではない。お主には、お主の人生がある。好きに生きなされ」

里長の言葉には、強い思いがこもっていた。

里を救ったことで、ささやかな宴が開かれたが、俺は酒を一杯呷《あお》ってすぐに退席した。

夜闇に包まれた里で、賑やかな声が響いている。

でも、俺には、その声が雑音にしか聞こえなかった。

里の中央に大きく火をくべて、それを囲うようにたくさんの狐が陽気に踊る。

一方で、里の隅で暗がりに身を寄せ合う数匹の狐がいた。その瞳は悲しみと苦しみに塗れ、ほんの少しの怒りを帯びている。そんな風に思えた。

あんな話を聞いたばかりだから、そう見えるだけかもしれないけど。

夜空を見上げると、ちょうど満月だった。


次の日、俺は朝一で里を発《た》つことを里長に告げた。

「本当に農具だけでいいのでありますするか？　怪翼鳥《ワイバーン》の素材は高値で取引されまするが」

「ええ、必要ないので。農具、ありがとうございます」

「そうでございまするか。それでは、またいつでもお越し下さりませ」

里長も分かっている。形だけの言葉だ。俺がこの里に来ることは二度とないだろう。

でも、里長は彼なりに、変えようとしているのだ。こうして、来客に里の現状を隠すことなく伝え、外の世界へ広める。そうすれば、何かが変わるかもしれない。このふざけた環境を誰かが壊してくれるかもしれない。

「あの」

「どうかなされたでございまするか？」

足を止めてまで聞くことでもなかったかもしれない。でも、ちょっとだけ気になった。

「その喋り方って、月狐族なら誰でもそうなんですか？」

里長は少し笑った。

「これは某と、亡き妻、そして娘だけでありまするな。変でございましょう？」

やっぱり。

「いえ、そんなことないですよ。伝言、忘れませんね」

そう言い残し、俺は月狐族の里を後にした。

◇◇◇

母親が病で亡くなったのは、俺が十歳、妹が五歳の時だった。

俺の頬へと伸びた母親の冷たい手が力なく落ちたのを、今でも覚えている。

『誰かが涙を流す前に、手を差し伸べられる人間になりなさい』

母がいつも言っていた言葉だ。

だから俺は、手遅れだと思いながらも、母親の胸で泣く妹の頭を撫で続けた。

もちろん、俺は泣くわけにはいかない。この時、初めて感情に『固定』を使った。泣き叫びたい気持ちを小さく凝縮して、胸の奥底にしまい込んでくっ付ける。こうして意図的に感情をその場しのぎで溜め込む方法を、俺は覚えてしまった。

そして、母親の死から一年後、ずっと家を留守にしていた父親が死んだと聞かされた。それと同時に父親の遺した置き土産の知らせが届いた。父親は多額の借金があったのだ。とてもじゃないが、田舎暮らしの兄妹で返せるような額ではなかった。

あの日から、妹は夢を語ることをやめ、俺は毎日止めどなく込み上げてくる感情に蓋をした。それこそ、母親の死の悲しみが癒え切っていない最中の出来事。俺は感情を切り捨てて現実に目を向け、妹は俺から隠れて泣くようになった。

ある日、村に来た冒険者から父親のことを聞いた。冒険者の中では一番偉く、強い等級だったらしい。その等級になれば、毎日贅沢三昧《ぜいたくざんまい》も夢ではないと、その冒険者は語った。

じゃあ、どうして父親は借金を抱え込んだのだろうか。なぜ、何年も村に帰らずに家族を捨てたのか。

分かるはずもなかった。

だって、俺は父親のことを何も知らない。もう顔すら思い出せないのに、何が分かるというのだ。

でも、その時は父親のことなどすでにどうでもよくなっていた。

ただただ、冒険者は稼げる。そう語った冒険者の雄弁な言葉だけが、ずっと俺の頭の中を渦巻《うずま》いていた。

十二歳になり、俺は冒険者になるために村を出た。

ついてこようとする妹を、母がこっそり貯めておいてくれた貯金で無理矢理魔法学校に入学させた。学費は目を見張るほどだったけど、いまさらいくら必要な金が重なろうが関係ない。そんなことより、妹に重荷を背負わせたくないという思いの方が強かった。

選んだ街が父親の最期の場所だったのは、本当に偶然だ。

冒険者登録をするなり、「殺人鬼の息子が来た」と言われ、頭からスープを被せられた。熱い。痛い。冒険者生活初日は貧民街の井戸で身体と服を洗って終わった。

辛くはなかった。そんな感情、いくらでも胸の奥底に『固定』できたのだから。被ったスープがやけに美味しかったことだけ、『固定』せずにおいた。

冒険者の日々は、慣れれば楽なもんだった。大抵の魔物は足と口さえ『固定』してしまえば容易く倒せるのだから。

そんな調子ですぐに俺の冒険者としての等級は上がり、宿を借りられるようになった。

しかし、等級が上がるにつれて、周囲からの目は厳しいものになっていった。ゴミを投げつけられたり、裏路地で殴《なぐ》られたりは日常茶飯事。

良い歳した大人が子供に寄ってたかって。そこまで息子の俺が嫌われる要因をつくった父親は一体何をしたのだろう。そこに特別な感情はなく、ただ純粋に疑問だった。

どうやら、父親は街の英雄だったS級冒険者を殺したらしい。思ったよりしょうもなくて、聞いた時は呆れてしまった。

ただひたすら、毎日依頼を受け、嫌がらせに耐え、泣きそうになっては胸の片隅に積もる塵芥を増やす。

そうしたのは、泣きそうな俺に誰も手を差し伸べてはくれなかったからだ。

俺が泣きたい時はどうすればいいのだろう。母親に教えてもらっていない。だから、ただの一度も泣かなかった。

人生、そんなに悪いことばかりじゃない。そのことに気が付けたのは、随分と年月が経ってからだ。

A級になった俺を慕うユーニャという新米冒険者の後輩ができた。妹が順調に進学していると聞いた。犯罪者の息子だと知りながらも、俺が無害だと分かれば親切にしてくれる人の方が圧倒的に多いと知った。図らずも、新しい魔法を覚えた。

だけど、もう遅かったのかもしれない。

俺はただひたすら、早く泣きたかった。

◇　◇　◇

月狐族の里を後にして、急いで魔素の森へ戻ると、ユズリアが待ちくたびれたとでも言いたげに、俺の帰りを待ってくれていた。なんの問題《トラブル》もなく、予定通りに買い物を済ませてきていたらしい。

しかし、そこにコノハの姿はなかった。ユズリアが止めたのにもかかわらず、旅を急ぐからとすぐに荷支度を済ませて、つい先ほど聖域を後にしてしまったらしい。きっと、俺と会いたくなかったから。いや、会っては駄目だと思ったのだろう。

俺が里に行けば、自分が里から逃げ出したのだとバレる。そして、自分があの時どうして石化していたのか。その真実に俺が気が付くと予期していたからだ。

だから、彼女は逃げるようにまた一人になった。

そもそも、最初から俺たちの下を離れる機会を窺っていたのだろう。

全員が敵に見える気持ちはよく分かる。しかし、同時に愚かだとも思う。

そう、過去の俺は愚かだったのだ。

ユズリアにコノハの過去を説明する時間も惜しかった。こうしている今も、コノハはどんどん俺たちから遠ざかっているはずだ。

俺とユズリアはすぐさま手分けして、コノハを捜しに出た。

しばらくして、遠くで稲妻が快晴の空に昇った。ユズリアの魔法だ。

それを見て、俺は急いでそちらの方角に進路を切り替える。

全く、随分遠くまで行ったものだ。

やっぱりと言うべきか、ユズリアの方が早くにコノハを見つけたらしい。稲妻の昇った場所は、思ったよりも聖域から遠ざかっていた。

大方、『異札術《いさねじゅつ》』の風札《かぜふだ》で移動速度を上げていたのだろうが、そんなものじゃユズリアの『雷撃』と『身体強化魔法《パミューム》』からは逃げられない。

「おーい、ロアー！　こっちよ！」

声のする方へ行くと、ユズリアとその足元に倒れる大きな猿型魔物。そして、コノハの姿。その足は石化していた。

やっぱり、そういうことか。

「随分、急いでたみたいだな、コノハ」

問いかけにコノハは答えない。ただ、怯えたようにうつむくだけだ。

「結構、危なかったんだからね。また魔法が暴発してたみたいだし、本当におっちょこちょいね」

ユズリアの倒した魔物はB級指定。S級冒険者のコノハなら、たとえ足が動かなくとも対処はできるはずの魔物だ。

それなのに、危なかった？　そんなわけあるか。

「……コノハ、またわざと自分の足を石化したんだな？」

俺の言葉にコノハの肩がびくっと跳ねる。

「え？　どういうこと？」

ユズリアの困惑は当然だ。彼女はコノハの境遇を知らない。でも、俺は全て知っている。だから、この後にコノハがとりそうな行動は読めてしまった。

コノハと俺はほとんど同時に腕を振り下ろした。

やっぱり、自分の足を破壊するつもりだったのだろう。

しかし、ほんの少しだけ俺の方が早かったようだ。

ゴンッと鈍い音がする。コノハの振り下ろした拳が『固定』のかかった石化した足を打ち、じんわりと血が滲《にじ》んだ。

「ど、どうして……」

コノハは混乱しているようだ。いくら彼女が非力だとしても、石化した物体は非常に脆い。簡単に砕けると思ったのだろう。

しかし今のコノハの足は、たとえ龍に踏みつぶされようとも欠けることすらない。

コノハにはまだ俺の魔法を見せていなかった。だから、この状況も理解できないのだろう。なんせ、俺はただ右手を振り下ろしただけだ。

「な、何やってるのよ、コノハ！」

可哀想なことに、今一番何も分からないのはユズリアだろう。

コノハが自分の足を砕こうとした理由《わけ》も、俺がまるで予知したかのように『固定』を使った理由も。

だから、あえて口に出そうと思う。

「コノハ、死ぬ気だったんだろ？」

俺は以前、同じような真似をした者を見たことがあった。自分を庇《かば》って魔物に食い殺された仲間に自責の念を感じ、同じように魔物に食われるまで危険地帯で座り続ける冒険者の姿を。自ら死ぬ勇気はないが、押しつぶされそうな罪悪感の吐きどころを探した者の末路だった。

コノハが顔を上げる。その獣のような深い赤色の細い瞳孔《どうこう》が、俺を睨《にら》みつけた。

「……して……どうして、死なせてくれないでありまする！」

小瓶に詰めた泉の水をコノハの足にかける。みるみるうちに石化は浄化され、元通りの血色を取り戻した。

「全部、里で聞いたからだ」

「しからば、分かるでありましょう!?　某が犯した罪が！」

罪というのは、忌み子としてひどい扱いを受けている同胞を置き去りに、自分だけ逃げたことをさすのだろう。

馬鹿馬鹿しい。逃げる方が正解だというのに。

「自由に生きて何が悪いんだ。借金があるわけでもないのに」

俺を見ろ。借金がなくなった途端、一目散に逃げてきたんだぞ。

俺は里長の伝言をコノハに伝えた。

横で聞いていたユズリアが、「そうよ！　自由こそ、正義よ！」とか言っていたが、多分よく分かっていないんだろうな。言ってることは正しいけれど。

「……某は自分が許せませぬ。どうして仲間を捨て置いて、自分だけのうのうと生きていられまするか！」

「捨てたんじゃない。コノハが最初の一歩を踏み出したんだ。皆、それに気が付いている」

里の隅で身を寄せあっていたコノハの仲間は、楽しそうに踊りこける狐を見て、密かに怒りを纏っていた。きっと、彼らには誰かに助けてもらわずとも自らを変える時が来るはずだ。一足先に勇気を出した仲間を見ているのだから。

「でも……」

コノハは納得できないようで、唇を噛み締める。

気持ちはよく分かる。理不尽に慣れると、原因が自分にあると勘違いするようになる。その結果、罪悪感の境界線《ボーダーライン》が低くなることは、俺も身を以《もっ》て実感した。

きっと、埒《らち》が明かない問題だ。

こうしている間にも、魔物に襲われる危険もある。ユズリアさえ対処のできない魔物が出た時、二人を庇いながら戦うのは骨が折れる。こんなことをユズリアに言ったら怒られそうだけど、いつでもそういう最悪の状況を意識するのが、S級指定の危険地での基本だ。

仕方ない。あまりやりたくはないが、力尽くでコノハを説得するしかなさそうだ。

「コノハ、俺と〝契約決闘《アリーシア》〟をしろ」

俺の言葉に二人の顔が驚きで固まる。

「ちょっと、何言ってるのよ⁉」

ユズリアが怒るのももっともだ。

契約決闘《アリーシア》とは、勝敗を決する条件と、敗北時の縛りを魔法で事前に契約した状態で行われる決闘だ。敗北すれば、決闘前に決めた縛りが魔法によって強制的に執行される。本来は、勝敗を明確にするための用途で行われることが多いが、今回はその限りではない。

「ユズリア、頼む」

「でも……」

ユズリアは戸惑っているようだ。彼女にはこの件が片付いたら、謝らなければならないな。

「――頼む」

ユズリアは小さく唸る。眉根《まゆね》を寄せ、美人な顔をくしゃりと困惑したように歪める。

「あー、もう！　分かったわよ！　その代わり、後でちゃんと説明してよね！」

そう言って、ユズリアは剣の先で地面に魔法陣を描く。彼女がそれに魔力を流し込むと、魔法陣は足元でぶわっと大きく広がり、一帯を大きく取り囲んだ。

「よし、俺の提示する勝負の内容は、どちらかが勝てないと思った時。俺が負けた時の縛りは……コノハ、お前と一緒に死んでやる」

視界の端でユズリアが頭を抱えていた。さほど心配していないように見えるのは、ちょっとどうなんだろうか。

「何を言ってるでありますする。そんなの受けるはずが……」

「じゃあ、お前の縛りも考えてやる。お前が負けた時は、俺の物になれ。里の連中と同じように扱《こ》き使《つか》ってやる」

不意に、空気が張り詰める気配がした。

あーあ、嫌われたな、こりゃ。でも、仕方ないじゃないか。戦意のない者を焚《た》きつけるには怒らせるのが一番手っ取り早い。

ユズリアが握り拳を震わせて、「……浮気？」なんて呟いているのは、聞かなかったことにしよう。

「……後悔しないでありまするね？」

コノハの瞳が冷たく殺気を帯びた。

「ああ、陽光神《ローシャス》様に誓って」

「……陽光神《ローシャス》様に、誓って」

俺とコノハの同意が、契約決闘《アリーシア》の始まりを告げた。魔法陣がユズリアの魔力を使い、薄紫色に輝く。

瞬間、コノハは袖口から大量の式札《しきふだ》を覗かせた。

「手加減など、できないでありまするよ！」

札が二枚、ぼうっと光る。

「いらないよ。むしろ、手加減してやる」

「――ッ!?　馬鹿にするなッ！」

コノハは光る札を勢いよく放った。

一方の札は大きな火球となり、もう片方の札は目に見えない風を生み出した。息を吐く間もなく、火球がすさまじい速度で射出され、俺の視界を埋める。

迷わず、俺の上着と右手を『固定』だ。

かざした俺の右手に弾かれた火球が、俺を避けるように進路を変える。その熱気に汗がじわりと浮かんだ。真冬の空気を焦がす炎のうねりが、白い煙を天に昇らす。

視界を遮っていた煙が晴れ、コノハの姿が露わになる。無傷の俺を見て、コノハはわずかに吃驚《きっきょう》したが、すぐさま次の札を放った。

氷の礫《つぶて》が矢のように降り注ぐ。同時に足下から鋭く尖らせた地面が隆起して、俺の身体を貫かんと迫り来る。

俺は右腕を振り下ろし、身体全体と服を『固定』。これで全身を硬化させる。

礫は硝子のように砕け、槍のような土くれは先端をひしゃげさせた。

手加減をしないというのは、どうやら本当らしい。純然たる殺意の塊だ。

「魔法障壁……」

コノハが呟く。

まあ、そう思うよな。

土が巨大な波の如くうねりを打って雪崩《なだ》れる。もちろん、『固定』を解除せずに立ち尽くした。

波が俺を包み込む。

真っ暗な視界が晴れた瞬間、コノハの姿は俺の眼前に迫っていた。手に持った札が、光を放って短刀に変化する。

首元目掛けて迫りくる刃。鈍い輝きのそれが、衝撃もなく肌にぶつかって止まった。

「物理障壁まで……珍妙な魔法でありまするな」

殺気を纏って肉薄《にくはく》するコノハ。まるで、本当に獣のような気配だ。

「諦めるか？」

コノハは俺のその発言への返事の代わりに、光る札を俺の身体に貼り付けた。刹那、一拍の余地もなく俺の頭の中で警鐘が鳴り響く。

俺は本能が示すままにかがんだ。身体に張られた札が一際《ひときわ》強く輝き、同時に、髪の先を切り裂いて飛んでいく短刀。

思わず、冷や汗が浮かぶ。

間髪容れず、向きを変えた短刀が胸元目掛けて走る。

流石、里を一人で守り抜いていただけはあるな。

俺は札を引っぺがし、刃の横腹と左手を一瞬、『固定』。そして、衝撃を殺して刃の方向を流し、解除。右腕の真横を短刀が突き抜く。

一歩距離を取り、コノハの草鞋《わらじ》と地面を『固定』。札と手を『固定』。瞬《まばた》いた瞬間、瞼を『固定』。

動きを固めるコノハ。しかし、その手に持った札がぼうっと光り、コノハの手と札が離れる。

やっぱり、『魔法除去《リリースマジック》』の札だったか。詠唱《えいしょう》なしで『魔法除去《リリースマジック》』を発動できるのは、俺からすればいささか相性が悪い。

しかし、不意打ちの初撃を躱《かわ》した時点で、コノハに勝ち目はない。

再び、札と手を『固定』。

「その札、あと何枚あるんだ？」

「くっ……！」

解除された瞬間、『固定』。さながら、蜘蛛《くも》の巣に囚われた虫の如く、身じろぎすら許さない。

コノハの『魔法除去《リリースマジック》』の札がなくなるか、俺の魔力が尽きるかの勝負だ。しかし、根競べで俺が負けるはずがなかった。

『固定』という魔法は詠唱が必要なく、右の二本指を下に振り下ろす動作だけで発動できる。さらに、使用する魔力は微々たるものだ。あと千回使っても、俺の魔力はなくならないだろう。なんせ、ただくっ付けるだけの単純な魔法だ。コップ一杯の水を魔法で出す方がよっぽど魔力を使う。

俺は身動きの取れないコノハに一歩近づく。その音に、目を閉じた彼女の顔に恐怖の色が浮かび上がる。そして、コノハは唇をかみ締めた口元を緩めた。

「ま、参ったでありまする……」

コノハの言葉に魔法陣が呼応する。一瞬の閃光を放って、一帯を包み込む輝きが消えた。つまり、契約決闘の終わりを示す。

俺はコノハの目にかけた『固定』を解除する。ゆっくりと開けたその瞳に、もう殺意は感じられない。それを確認し、俺は全ての『固定』を解いた。

深呼吸して息を整えると、熱を持った身体が冷めていく。

「ちょっとでヒヤッとしたな」

ユズリアに冷ややかな視線を向けられる。

「ちょっとで収まるロアがおかしいのよ」

「あのなぁ、S級冒険者同士の決闘なんだから、少しは心配してくれよ」

実際、油断するような暇は微塵《みじん》もなかった。それどころか、反応が遅れて危うい場面もあった。

なんにせよ、あの魔法だけは使わずに済んでよかった。加減できないからな、あの魔法。

「結局、私の時と一緒でほとんど無傷じゃない」

じろじろと俺の全身をねめつけるユズリア。

「そうだけど……」

黙りこくるコノハに目を向けると、彼女はじっと自分の手のひらを眺めていた。

「どうした？　コノハ？」

「気持ちは分かるわよ。可哀想にね」

ユズリアがコノハの頭を優しく撫でる。

どうして、俺が加害者みたいになっているんだ。いや、間違っていないのかもしれないけれど。

「……初めて」

視線をそのまま、コノハは呟く。

「初めて、負けたでありまする……」

それはそうだ。コノハの強さはS級冒険者の中でも相当なものだった。少なくとも、俺の知る限りではコノハに勝てそうな者は数人しか思いつかない。ユズリアも、多分コノハには敵わないだろう。

『異札術《いさねじゅつ》』は事前に魔法を札に封じ込めて使用する魔法だ。一見、理不尽な魔法に思えるが、そもそも封じ込める魔法を覚えていないと意味がない。大半の人間は、誰でも使える無属性の小さな光源を出したり、少量の水を生成したりする生活魔法とは別に、多くても二つの属性しか使うことができない。俺の『固定』は固有魔法で属性は不明だ。ユズリアであれば雷属性の『雷撃』のみ。

しかし、コノハは俺との決闘だけで、火・風・氷・岩の四属性に加え、札を短刀に変える物質変化まで使ってみせた。さらに習得が困難と言われている石化の状態異常すらも使うことができる。紛れもない天才というやつだ。

俺なんて固有の魔法を除いたら、一般的な生活魔法をいくつか使えるくらいだぞ。

「でも、負けは負けだ。縛りを受けてもらうぞ？」

俺の言葉にコノハが怯えた表情を浮かべる。

相変わらず、ユズリアはなんてことなさそうにコノハを宥《なだ》めながら、周囲の警戒に意識を回していた。

「わ、分かったでありまする……」

ぎゅっと目をつぶるコノハ。

おい、俺のことをなんだと思っているんだ。

でも、コノハはそういう環境で育ってきた。無理もないのかもしれない。だから、今、俺がその呪いを消し去ってやる。

「よし！　じゃあ、好きに生きろ！」

俺はコノハにそうきっぱりと言ってのけた。

ユズリアがくすっと笑う。

「えっ……？」

腰を下ろし、表情を固めるコノハの目をじっと見つめる。

「どっか行きたけりゃ、行けばいい。何したって、所有者の俺が許してやる。ただし、死ぬことだけは許さない。精いっぱい自分だけの人生を生きるんだ」

コノハの顔には色んな思いが入り混じって見えた。困惑、安堵、後ろめたさ、その全てを俺は許した。

「ど、どうして……」

全く、不器用な奴だ。

「最初から言ってるだろ？　自由で何が悪い。自分の生き方を誰かに決めつけられる必要なんてないんだ」

「ぁ……ぁぅ……」

ユズリアと目が合って、思わず俺も呆れ笑いが漏れる。

「でも、コノハが生き方を決められない、分からないって言うのなら、仕方がなく俺が決めてやる」

コノハの頬を一筋の涙が伝った。

ずっと我慢しやがって。こんなところまで俺と一緒なのか。

「コノハ、自由に生きろ！　全部、俺が認めてやる！」

「っ……ぅ……っ！」

堪えるような嗚咽《おえつ》がしたかと思えば、コノハは声を上げて啼泣《ていきゅう》した。いつまでも止まらない涙と叫びが、コノハの自由を体現していた。

やれやれこれで一件落着かな。

「さあ、帰るかっ！」

ユズリアが俺の腕に抱きつく。そして、コノハに手を差し伸べた。

「行こ、コノハ！」

どんよりした薄暗い森の中、小さな月狐族の少女が流す涙は宝石のように輝いていた。

「——はいっ！」

俺のスローライフにまた一人、同居人が増えるらしい。

第三章　新規村人続々!?

魔力鳥《マジックバード》が持ってきた手紙は、父親から私——ユズリア・フォーストン宛てのものだった。先日、街に出た時に送った手紙の返事だ。

随分と長ったらしい文章だが、内容を要約すると、今度ロアを実家に連れてこいとのことだった。

フォーストン家は歴史のある名家。祖先はその昔、武で名を上げたらしく、それに倣って代々男女問わずに幼い頃から武力を磨かされる。私も例外ではない。

幼少期は貴族の集まりで同年代の男の子からゴリラだの、オトコ女だの、散々言われたものだ。

しかし、それも私が女性らしい容姿へと成長するにつれてなくなっていった。今では、私を小馬鹿にしていた男たちがやたら見た目を褒めてくる。なんてみっともない人たちなんだろうか。

教育係も、剣の先生も、冒険者という道を見せてくれた師匠も、全員女性だった。

冒険者になっても、師匠以外と一緒に依頼を受けることは許されなかった。師匠が旅に出てからは、ずっと一人で依頼を受ける日々。

父親や兄、執事を除いたら、あまり男性とは関わることがない。箱入り娘というやつだ。

だから、私の中で男性は、社交界などでたまに会う周りの貴族たちのような、愚かで浅慮《せんりょ》な生き物なのだと思っていた。

私は見合い話を断るために、強くなり続けた。早く嫁《とつ》いでほしがっていた父親には、もっと自分の力を極めたいとか言っておけば、すんなり引いてくれる。

そんな最中《さなか》、私はロアと出会った。ほとんど初めて関わる貴族以外の男性。

あろうことか、沐浴《もくよく》を見られた。羞恥心と焦りで思わず剣を取ってしまった。その時は勝てない相手だとは思わなかったし、どっちが悪いってわけじゃないけれど、裸を見られたのだ。それはもう始末するしかない。

でも、渾身の一突きを躱され、からめとられた時にはもう剣を抜いたことが間違いだと気が付いていた。地面に伏した時、咄嗟に殺されると思った。だって、私はそういう選択をしたのだから。

当然、ロアだって襲いかかってくるものは払いのけて始末するはずだ。

しかし、実際には私もロアも無傷で、だんだんと悔しさが込み上げてきた。私が傷付いていないのはロアに余裕があるから。それは私を凌駕《りょうが》する実力がロアにはあることの裏付けだった。

一度冷静になると、もう身体を見られたことはそこまで気にしなくなっていた。正確には、それに勝るロアへの別の興味が湧いたからだ。

ロアは少し変わっている人だった。こんな訳の分からないところに住むと言い出すし、私のことを〝可愛い〟と言うのだ。〝綺麗〟は言われ慣れている。ただ、〝可愛い〟は大人になって初めてだった。

フォーストン家の女性が嫁ぐ際、伴侶となる男性は家長が認めた者でなくてはならないという決まりがある。その条件は、ただ強いかどうかということ。

武功で大成した家柄らしい決めごとだ。

だから、見合いをしたところで、成立することは全くと言っていいほどなかった。なぜなら、相手の男性はほとんど全員が私よりも弱いのだから――ロア以外には、ただ一人を除いて。

奴にだけは勝てなかった。自信はもちろんあった。しかし、あまりに差がありすぎる。奴に近づくことすら敵わなかった。

悔しいけれど、勝てないならば見合いくらいはしてやろうと思っていた。しかし、その考えが、甘かったのだ。

貴族だというのに、奴は紳士の嗜《たしな》みも騎士の精神の欠片もなかった。

戦意の潰えた私をひたすら嬲《なぶ》り、誹《そし》り、そして飽きた頃、ようやく見合いをすると言い出した。

しかも極めつけに、奴の生まれはフォーストン家でも無下にはできない名家のティンジャー家だ。

奴の外面《そとづら》の良さは貴族の振舞《それ》いで、多分父親も二つ返事で私を送り出すだろう。

それで私は見合いをすっぽかすことにした。

逃げるという決断に近かったのかもしれない。表向きにはいつも通り依頼に出ただけ。しかし、実際は依頼なんて受けず、気が付けばずっと遠くまで赴《おもむ》いていた。

あんな男と一生を添い遂げるくらいなら、このまま逃げ続けて平民の生活に溶け込むしかないと思っていた。

そんな時、ロアに出会ってしまったのだ。

正直、賭けだった。誰も気にしてなどいないようなしきたりを盾にして、ロアに一緒にいることを強引に了承させた。

でも、私には彼が害のない人だという確信はある。これでも、様々な人の黒い面を見てきたのだ。

それくらいは分かる。

申し訳なさはもちろんあった。しかし、ロアに私がいてよかったと思わせればいいだけの話だ。

もしくは、ロアが奴を打ち負かしてくれさえすればいい。そうなれば、父親は奴を認めなくなるだろう。そしてその時は私がロアの下を離れればいい。そんな楽観的な考えだった。

私には男性との距離感などよく分からない。だから、師匠と同じような態度で接することにした。ロアの反応を見るに、多分少し間違っているのだろうけれど、こうするしかないのだから仕方ない。もう少し真面目に処世術《しょせいじゅつ》でも学んでおけばよかった。

洗い物を済ませ、大きく伸びをする。冒険者をやっているおかげで、庶民的な家事や作業については問題ないことが救いだろうか。

天窓から差し込むたおやかな陽射しを浴びて、まだ昼下がりだというのに気分がぽやっとする。寒さも落ち着き、そろそろ暖かくなってきた。魔素の森には目に見える季節の違いが表れず、気温でしか判別が付かないのは中々に厄介だ。

外に出ると、一面に広がる芝生にぽつんと二人。いや、今は一人と一匹かもしれない。足を投げ出して空をぼんやり仰ぐロアと、その腿《もも》に頭を乗せて眠たげな目をしぱしぱさせるコノハ。ロアがコノハの頭を撫でる度《たび》に、狐耳と二股の尻尾が微かに反応を示す。

「だらしない顔しちゃってるわよ」

そう言って、私はロアの隣に座ってみる。彼は顔を動かさないまま私に意識を向ける。

「いいんだよ。誰が見てるわけでもない」

「私が見ているじゃない」

「寝顔までばっちり見られているんだ。なおさら、問題はないね」

そう言いつつ、大きな欠伸《あくび》をするロア。

異性が近くにいるというのに、この気の抜けた表情。貴族の男性では絶対にありえない態度だ。

「私にかっこいいところを見てほしいと思わないの？」

私の質問に、ロアは潤んだ眼を擦って軽く声を漏らす。

「うーん、そりゃ、かっこ悪いよりかっこいいと思われた方が得だよな」

「損得の話？」

「いや、違うけど。なんて言うんだろうな、とにかく俺は疲れるから自分を繕《つくろ》うことが好きじゃないんだよ」

「変な人……私はいつでもロアに可愛いって思われたいわよ？」

ロアの肩に頭を預ける。ちょっと、ドキドキした。

でも、師匠が、「男なんて過剰にスキンシップしておけば簡単に落ちる」って言ってたし。

ロアは苦笑いでちょっとだけ困ったようにしていた。

……師匠、中々落ちてくれないんですけど。

ふと、思い出した。そういえば、師匠ってしょっちゅう男性に逃げられて、私に愚痴を零していたっけ。

「いや、そりゃユズリアはいつでも可愛いけれど」

「んぐっ……!?」

喉が詰まって軽くせき込んだ。どうしてロアは、こうも変なタイミングで思わせぶりな態度を取るのだろう。

「わ、私だってロアのこと、いつもかっこいいと思ってますけどぉ？」

「さっき、呆れてたじゃないか……それに最初からかっこつけてたら、気が抜けた時に幻滅されるだろ？　だから、むしろ自分の駄目なところを積極的に見せる。それでもついてきてくれるのが、本当にいい女だ」

「おぉ～、なんだか納得しちゃった」

「って、酒場の飲んだくれ爺《じじい》が泥酔しながら語ってた」

「なるほど、年の功ってやつね！」

そのおじいさん、私にも恋愛の極意的なものを教えてくれないかしら。師匠の教えじゃ、不安過ぎる。

「いや、ここは人の受け売りかい、ってつっこむところだろ」

「でも、私は良い方法だと思うわ！　今度、そのおじいさんを紹介して頂戴！」

「やめとけ。セクハラ魔だからな」

と言いつつ、ロアは笑った。

コノハはいつの間にか、小さな寝息を立てている。色とりどりの花のふんわりとした甘い匂いが、陽気な風に揺られて香った。

こんなゆったりした時間は、今まで経験したことがなかった。

朝、少し遅く起きてコノハは森へ狩りに、ロアは畑をいじりに行く。その間、私は家を掃除する。コノハとロアが戻ってきたら遅めの昼食を取って、昼下がりはこうしてごろごろ。夜は気合を入れてつくった夕飯を囲み、長くお風呂に入って、温かいままに眠りにつく。

なんだか、駄目人間にでもなってしまったみたいだ。でも、こういう生活も悪くない。

現に、ずっと何かから逃げるように生活していたこれまでの人生より、胸中がずっと穏やかだ。

まあ、別の意味でざわつくことも多々あるけれど。

意識が沈み、私はすっと微睡《まどろ》む。

今ならまだ起き上がれるけど、どうしようかなぁ。

不意に頭を優しい手つきでロアに撫でられる。

ほら、そういうところだぞ……

温もりに包まれながら、私は軽い眠りについた。

◇　◇　◇

「本当にこんな家でいいのか？」

最後に窓の格子を『固定』しながら、俺――ロアはコノハに尋ねる。

「大丈夫でありまする。某、これくらいの住処《すみか》が落ち着きまするゆえ」

俺とユズリアの家の隣にコノハの家を建てた。別に一緒に住んでくれて構わなかったのだが、なんでも空気が甘すぎて胃もたれがするとか、なんとか。

別に普段の料理に砂糖類を過剰に使っているわけではないし、そもそも空気に味なんてなくないか？　あるとすれば、匂いだろ。

そこら辺に関しては、狐の嗅覚を持つコノハにしか分からないのかもしれない。

コノハの家は俺とユズリアの家同様のつくりで、大きさは彼女の希望に合わせた。まず天井を低くして、家具などもコノハの身長に合わせて高さを調節。玄関は俺やユズリアだと頭を下げないと入れない。そういえば、月狐族の住まいもこんな寸法感《サイズ》だったたか。

俺やユズリアが暮らそうと思ったら、随分と腰が痛くなりそうな家だ。でも、コノハは満足げにはしゃいでいるから、問題はないのだろう。

完成したコノハ宅を見上げ、額の汗を拭う。なんて、心地よい疲れだろうか。

ごろごろと時間を浪費するだけがスローライフじゃない。畑を育てたり、生活の質を上げたり、毎日少しずつ、のんびりと作業をする。

なんだかんだ、ここ最近まではドタバタしていたからな。ようやく、俺の理想のスローライフが始まったんだ！

とりあえず、コノハの家はつくり終えた。畑も順調。食料の備蓄も今のところ問題はない。

一週間くらい、惰眠《だみん》を貪《むさぼ》ってやるんだ！　もう、誰にも俺は止められない！

「あの～、すみませーん」

ふいに、そんな聞き覚えのない声がどこかから聞こえてきた。

失礼かもしれないが、ひっっっじょーうに嫌な予感がする。俺の冒険者的危険センサーが鳴り響いている。

「はいはーい。どなたですか？」

ユズリアが玄関を開けて外に出てくるのが俺のいる場所から見えた。そんなご近所さんが訪ねてきたみたいな感じで対応する場面じゃないんだけど。

見ると、一人の女性だった。

白い生地の大きめの神官服に、装飾の付いた錫杖《しゃくじょう》。腰まで伸ばした乱れなき白金色の髪。真紅と紺碧《こんぺき》の異色の双眸《そうぼう》。

「妙でありまするね……」

コノハがいつでも攻撃できるように手を袖に隠し、俺に耳打ちする。それに倣って、俺も二本の指をこっそり立てる。

神官がこんな場所に一人でいるはずがない。それに、錫杖の先端に付着する微かな赤い痕。

「どうも」

俺は謎の女性に声をかけ、できる限り自然な動作でユズリアを背に隠すように前に立つ。

おっとりした表情の神官はぐるーっと森を眺め、またこちらに向き直る。

「もしかして、こちらにお住まいなんですか？」

まあ、そういう反応になりますよね。

「そうですけれど……」

「なるほど、なるほど。なんて奇特な方々なんでしょうか」

「某はさほど変だとは思わないでありまするが」

コノハに気が付いた神官が驚きの声を上げる。

「まあ⁉　月狐族の方まで⁉　面白いご家族ですねえ～」

家族？　いや、まあ、一緒に暮らしているので、ある意味家族みたいなものだけど。

「えへへ、分かりますー？」

ユズリアがなぜか照れたように身体をくねらせる。やめなさい、はしたない。

「はい、もちろんですよぉ、奥さん」

ん？　神官さん？

「分かっちゃいますよねえ⁉」

んんん⁉　ユズリア⁉

「もちろんですぅ！」

「ちょっと待て！　……いや、待ってください」

通じ合ったかのように微笑みを交わす二人に、俺は思わず横槍を入れる。

「夫婦じゃ、ないです」

俺は念を押すように強く言う。

どうして、毎回そういう風に見られるんだ。しかも、今回に至っては何も喋っていないというのに。

「あら？　そうなんですか？　……えっ、もしかして……」

言葉を詰まらせる神官。その視線は俺とコノハの間を行き来している。

「ちっがう！　どっちもちっがう！」

「今はまだ、ね！」

余計なことを言うユズリアに、俺は思わずつっこみを入れる。

「おいユズリア、毎回それを言うな！　本当に夫婦漫才みたいになるだろ！」

ため息が零れる。なんか、どっと疲れた気分だ。

コノハは未だに袖に手を隠したままだが、俺は馬鹿らしくなって二本指を解いた。

神官はくすっと笑って、「どんな愛でも、陽光神様《ローシャス》はお許ししてくれます」なんて分かったようにうなずいている。

「それで、あんたは一体何者なんだ？」

「おっと、自己紹介がまだでしたね。私、神官のセイラと申します」

セイラは肩がけの鞄からギルドカードを取り出す。

やっぱり、S級冒険者だ。というか、当然だ。俺たちもそれぞれギルドカードを見せる。

「ひとまず、セイラが怪しい人じゃないことは分かった。でも、一人でどうしてこんな場所に？」

「一人じゃありませんよ。もう一人、旅の供がおります」

セイラが立てた指を肩の上でくるっと一回転させる。何かの合図だろう。

「あっ……本当だ」

ユズリアが呟く。遅れて、俺の気配察知にもう一つの反応が引っかかる。

気配を消していたのか。それにしても、神官一人で様子見に行かせるってどうなんだ？

「エルフの射手がおりまして、もちろん同じS級冒険者です」

「エルフ⁉」

思わず、声が出た。

エルフといえば、人族に一切干渉せず、森の奥深くで暮らす種族だ。とびきりの美男美女しかおらず、優れた弓矢の使い手ばかりだと聞く。もっとも、そんな噂も真実かどうかは定かじゃない。なぜなら、エルフを見たことのある人はほとんどいないからだ。

「エルフ族でありまするか。某もお目にかかったことはございませぬな」

そう独り言ちる月狐族以上に、エルフ族というのは稀有《けう》な種族だ。

気配察知に引っかかる存在が、徐々にこちらへと近づいてくる。

「ねえ、ロア」

どうしてか、ユズリアが訝《いぶか》しそうに俺を見る。

「なんだ？」

「なぜ、にやついているのかしら？」

そりゃ、エルフだぞ⁉　とびっきりの美女にお目にかかれるんだから、仕方ない。男って、そういう生き物なんだ。

そんなこと言えるわけもなく、慌てて口元を引き締める。ユズリアの冷ややかな視線が痛い。

「ドドリーさーん！　こっちですよー！」

セイラがまだ姿の見えないエルフに呼びかけた。

そうか、ドドリーというのか！　まだ来ないのか⁉　早くその絶世の美貌を見せてくれ！　全く、最近は見目麗《みめうるわ》しい女性と出会うことが多いな。セイラもとびっきりの容姿だし、これがスローライフバフなんだな！

……しかし、ドドリーか。なんだか、女性らしくない名前だな。まるで――

「おう、待たせたな！」

ドドリーと思《おぼ》しき人物の姿を一目見て、俺は膝から崩れ落ちた。

現れたのは、紛れもないエルフだった。その証《あかし》として耳がツンと上に向かって立っている。顔も確かに整っていた。短く揃えられた新緑色の髪に甘い顔《マスク》がよく似合う。

しかし、筋骨隆々《きんこつりゅうりゅう》の〝男〟だ。

いや、違うな。これは〝漢《おとこ》〟だ。

なぜかテカテカと輝くオイリーな焼けた肌。服がはち切れんばかりのもりっもりな筋肉。アツい肉体美《ボディー》だ。

「紹介します。ドドリーさんです」

セイラが応えてドドリーが手を差し出す。

「うむ、よろしくな！」

俺は力なく垂れる手をドドリーに取られ、ぶんぶんと上下に振り回される。同じ男なのに、手の大きさが全然違う。コノハなんて、指二本で握手される始末。

俺の中の超絶美人のエルフ像が音を立てながら崩れ行く。こんなのって、ないよ。あんまりだよ……

「それで、お二人はどうしてこんなところに？」

ユズリアは何も気にしていないようで、変わらぬ口調で尋ねた。

流石は貴族。越えてきた難場の数が違うということか……！

すると、セイラは肩がけの鞄から一枚の依頼書を取り出した。

「実は依頼でとある魔物を追っていまして、破岩蛇《ヴェベリット》なんですが、この辺りで見かけていませんか？」

「いや、俺たちは見ていないな。もしかしたら、もっと奥の方に棲息しているのかも」

「そうですか。貴重な情報、ありがとうございます」

セイラとドドリーは二人で何やら今後の方針を話し合っているみたいだ。ほとんどソロでやってきた俺から見れば、少し羨ましいものだ。

「ねえ、破岩蛇《ヴェベリット》ってどんな魔物なの？」

「某も名前しか聞いたことないでありまする」

首を捻るユズリアとコノハに、仕方なく説明をする。

破岩蛇《ヴェベリット》は岩石に身を包んだS級指定の蛇型魔物だ。文字通り岩のように硬い肌は剣や矢を弾き、魔法耐性にも優れているため、攻撃が通りづらい。しかし、それだけならば、まだA級どころかB級の冒険者でも対処できる。

破岩蛇《ヴェベリット》がS級指定の魔物たる最大の特徴は、その固有魔法にある。受けた攻撃を蓄積し、何倍にも増幅させて跳ね返す『反転《カウンター》』だ。

少し小突いただけで、高火力な一撃が飛んでくるうえに、体表が硬すぎてろくにダメージを与えられないという、馬鹿げた魔物だ。もちろん、ダメージを与えるためにこちらが火力を上げるほど、『反転《カウンター》』による反撃も大きくなるわけで、S級冒険者の間でも特に嫌われている。

「それって、普通に倒せないいんじゃない？」

ユズリアが首を傾げる。

「そうだな。戦士職なんかには絶望的な魔物だな。ただ、毒の状態異常魔法を使える冒険者がいるならば、話は別だ。毒は効くから、じわじわと体力を削っていけばいい」

俺の説明を聞いて、コノハが腕組みする。

「なるほど、毒でありまするか。会得《えとく》している冒険者は少ないでありますなぁ。かくいう某も、覚えておりませぬ」

魔物の大半は麻痺や石化などは効くが、毒や昏睡が効く魔物は少ない。だから、毒の状態異常魔法を覚えている冒険者は変な奴扱いされるのが一般的だ。

「私とコノハは戦ったことがないけれど、ロアはあるの？」

「ああ、セイラたちと同じように依頼を受けたことがある」

「どのようにして倒したのでありまするか？」

「あー……『固定』をかけて餓死《がし》するのを待った……」

なんとも言えない生温《なまぬる》い視線が二人から送られる。

「し、仕方ないだろ！　俺の魔法は元々支援系の魔法なんだから！」

攻撃手段がないわけじゃない。ただ、あの魔法を使うとギルドへの納品素材が残らないから、結局大半の依頼は『固定』でこなすしかないのだ。

俺だって、本当は派手な魔法とか、武器を振り回してかっこよく戦いたい。当たり前だ、男の子なんだから！

俺が一人、心の中で涙を流していると、セイラとドドリーが話し合いから戻ってきた。

「あの、大変厚かましいのですが、一晩この場所で野営をさせていただいてもよろしいでしょうか？」

「何言ってるんですか！　是非、ウチに来てください！　寝室も二つありますし」

ユズリアがどうぞ、どうぞと玄関を開ける。

それ、俺の家でもあるんだが。とはいえ、嫌ってわけでもないし、冒険者は助け合いが必要だ。

俺も快くうなずいておいた。

「うむ、それでは世話になるとしよう！　わっはっはっは！」

と、ドドリーが豪快に笑う。

この剛胆マッチョ、本当にエルフなんだろうか。巨人族の間違いじゃないか？

巨躯《きょく》のドドリーを軽く見上げて思う。

「セイラさん！　今日は私と一緒に寝ましょう！　色々とお話聞きたいです！」

ユズリアの言葉に、俺は玄関先で足が止まる。

なぜだ……なぜ、危険を知らせる鐘が頭の中で鳴り響いているんだ……!?

「いやー、某の家が完成していてよかったでありまするな。寝床が足りぬところでした」

寝床が足りている……？

ユズリアとセイラは同じ部屋で寝るらしい。

つまり、俺はどこで寝るんだ？

コノハの家は寝室が一部屋だけ。それもコノハの希望でとても小さいベッドだ。とてもじゃないが、二人で寝転がれるとは思わない。そして、ウチに残った寝室はあと一部屋。残っているのは、俺と――

「はーはっはっはっ！　では、俺はロアと同じ部屋か！　夜通し、筋肉について語り明かすとしようではないか、兄弟よ！」

ガシッと組まれる肩。わあ、なんてたくましい腕なこと……

俺はドドリーを無視して、コノハの肩を掴む。

「コノハ、頼む！　今日は俺と寝てくれ！」

「どうしたでありまする？　別に某はかまわ――」

「――げふっ!?」

コノハが言い終わる前に、俺は間抜けな声と共に勢いよくふき飛んだ。わき腹に感じる強烈な痛み。そのまま地面をすさまじい勢いで転がり滑る。

「まあ、ユズリアさん。旦那さんになんてことを！」

セイラの声がぼんやりと遠くで聞こえた。

薄れる意識の最中、辛うじてユズリアの表情が見える。まるで虫でも見るような目。

「変態ロリコン……浮気は許さないって言ったはず」

「り、理不尽……だ……」

力なく倒れる俺の背に、ドドリーがそっと手を置く。

「分かるぞ、兄弟！　女とは時に恐ろしいものだ」

なんで、こいつは共感したような態度なんだ!?　元はといえば、ドドリーのせいだというのに！

「あら？　ドドリーさん？　何か言いましたか……？」

セイラがドドリーの真後ろに立って、こちらを見下ろしていた。えっ、待って、微笑んでいるのに目が笑ってないんだけど……

「いや、なんでもない……わっは……はっ……ははっ……」

打って変わって弱々しく笑うドドリー。

あれ？　もしかして、この二人……

結論が出る前に、俺の意識は暗闇に吸い込まれていった。


翌朝早く、セイラとドドリーは聖域を発った。破岩蛇《ヴェベリット》を討伐した帰りに、もう一度ここに寄るらしい。

あの二人の強さは分からないけれど、曲がりなりにもＳ級冒険者なのだ。無理だと判断すれば、すぐに撤退を選ぶだろうし、特に問題はないはずだ。

「あの二人、大丈夫かな？」

赤く実ったまん丸い野菜を眺め、ユズリアが呟く。

「心配し過ぎだって」

俺はコノハの指さす位置に鋏《はさみ》を滑り込ませ、枝を剪定《せんてい》する。この畑にはそんな作業は必要なさそうだけれど、見栄《みば》えは大事だ。というのも、この畑、種を植えて水をやるだけで、なぜか三日もしないうちに実がなる。

考えられる要因はただ一つ。土壌の浄化のために土の中に埋めた魔石だろう。土壌を良くしているのか、成長の促進効果でもあるのか、はたまたどちらもか。

なんにせよ、あの泉に関しては深く考えないようにした。だって、すごいってこと以外よく分からないし……。

「ドドリー殿もセイラ殿も、多分すごく強者だと思いまするよ」

「ロアやコノハよりも？」

コノハの言葉にユズリアが疑問を呈した。

「それは分かりませぬが、お二方とも、卓越《たくえつ》した気配の消し方だったでありまする。でなければ、あんなに近づかれるまで某が気が付けないはずがありませぬ」

「確かに、ドドリーは遠くにいたからともかくとして、セイラの接近には俺も全く気が付かなかったな」

間合いの内側まで入られても気が付けないなんて、油断していたとしてもあり得ない話だ。しかも、S級が三人揃って全員。それだけで、セイラの冒険者としての実力が高いことは明白だ。神官に必要なスキルだとは思わないが。

「でも、セイラさんは神官で、ドドリーさんは射手でしょ？　なんか、バランス悪くない？」

ユズリアの疑問はもっともだ。

「それは俺も思った。前衛なしでどうやって戦うんだろうな」

神官と射手はどちらも後衛職だ。

冒険者がパーティーを組む時は、ユズリアのような武器や自らの肉体主体で戦う前衛職と、俺のような後方から魔法を行使する後衛職を、均等もしくは前衛職多めで揃えるのが一般的だ。コノハのように前衛と後衛のどちらも臨機応変にこなせる者がいると、なお良いとされている。

考えられるとすれば、神官の光属性の魔法で遠くから敵を拘束。そして、射手の高火力で一方的に仕留める戦法だろうか。事故も怪我も起きにくい良い作戦だ。何より、地味な感じでちょっと親近感が湧く。

陽がてっぺんを越えた頃に畑から戻ると、朝、聖域を出たはずのセイラとドドリーが泉のそばにいた。

「あれ？　もう倒しちゃったの!?」

「ユズリアさん……」

ユズリアの問いかけを受けたセイラの表情は明るくない。

「それがな、やむを得ない理由で撤退してきてしまったわい！」

ドドリーの表情はあまり変わらないようだ。しかし、撤退するにしても早すぎるような。二人の顔に疲労も見えない。

「何があったんだ？」

「私たち、案外早く破岩蛇《ヴェベリット》を見つけることができたんですが……」

セイラが小さくため息を吐く。

「つがいでした」

「つまり、二体いたってこと？」

両手の指を一本ずつ立てるユズリア。

ドドリーが腕を組み、うなずく。

「うむ、恐らく問題はないのだが、少しでも危険があるのなら、と一度撤退してきたのだ」

破岩蛇《ヴェベリット》が二体とは厄介だ。セイラとドドリーが諦めて別の個体を探すとしても、拠点の近くにそんな危なっかしい魔物を放置することはできない。魔素の森とはいえ、そんなにぽんぽんＳ級指定の魔物がいてたまるか。

「依頼は破岩蛇《ヴェベリット》を一体討伐でいいんだよな？」

「うむ」

相槌を打つドドリーに俺は続ける。

「じゃあ、一体は俺が相手をしよう。後の一体はそっちに任せる」

「おおっ！　流石は兄弟。筋肉がなくても男だ！　見直したぞ！」

「余計なお世話だ。とにかく、一体は俺が引き受ける。セイラもそれでいいか？」

俺は肩を組もうとしてくるドドリーの腕を押しのける。暑苦しいんだよなぁ。

「でも、ご迷惑になるんじゃ……破岩蛇《ヴェベリット》はＳ級指定の魔物の中でもかなりの強さですし」

恐縮するセイラに、ユズリアが威勢よく応える。

「大丈夫ですよ、セイラさん。私とロアに任せてください！」

「いや、ユズリアも付いてくるのかよ」

「何よ、私だってたまには身体を動かさないとなまっちゃうもの」

それもそうか。いざという時に判断が鈍《にぶ》るのは危険だ。特にここはＳ級指定地域なんだから。

「じゃあ、俺とユズリアで一体。そっちで一体でいいな？　コノハは留守番だ。変な人が来ても、ついて行っちゃ駄目だからな？　外にも極力出るなよ。わる〜い魔族がお前を連れ去るかもしれないんだからな」

「ロア殿……某は子供じゃないでありまする……」

何を言うか。十二歳なんて、まだまだひよっこだ。

コノハに聖域の留守番をさせて、俺たちはすぐに出発した。途中、何体かA級指定の魔物に出くわしたが、張り切っているユズリアが全部なぎ倒した。若いなぁ。

聖域の少し奥は、森というより岩肌が目立つ山のような斜面が続いていた。木々は生えているものの、随分とまばらだ。おかげで視界が開けているため、すぐに破岩蛇《ヴェベリット》のつがいを見つけることができた。

巨木のような大きな身体に、ゴツゴツとした岩肌を纏った破岩蛇《ヴェベリット》。尖った口先から覗く舌はまるで鉄みたいに鈍い光を放っている。

「ひゃ〜、硬そう……」

過去に俺が討伐した時よりもだいぶ大きな個体だ。俺の餓死戦法でも良いのだが、コノハを残してきている手前、なんとか今日中に倒して帰りたい。とはいえ、これは骨が折れそうだ。

「では、私たちは反対側へ回ります。ロアさんとユズリアさんは手前の破岩蛇《ヴェベリット》をよろしくお願いします」

そう言って、セイラは軽やかな足取りで行ってしまった。

ドドリーは一足先に狙撃場所を探しに行っているようだ。射手にとって、ポジション取りは最重要。マッチョにしては繊細《せんさい》かつ迅速《じんそく》で良い射手だ。マッチョにしては、な。

「ロアは最初、後ろで見ていてね」

ユズリアの発言に俺は首を傾げる。

「一緒に戦うんじゃなかったのかよ。そうした方が早く終わると思うんだけど」

「だからよ！　身体がなまらないようにするためなんだから、さっさと終わったら意味ないじゃない」

ユズリアは細剣を引き抜き、やる気満々だ。

「そういうことなら……でも、危なくなったらすぐに助けるからな！」

「それは私が弱いと思ってるから言ってるのかしら？」

「違うって、心配だからに決まってるだろ？　怪我してほしくはないんだよ」

ユズリアは何も言わない。横髪から覗く頬がほんのり赤みを帯びているのは気のせいだろうか。

「ほら、セイラたちが始めるみたいだぞ？」

「えっ⁉　わ、分かってるわよ！　じゃ、援護よろしく！」

ぐっと足に力を入れたユズリアが、ぴりっと電撃を残して一瞬で跳び去る。

全く、不安だ。

ユズリアは一足で破岩蛇《ヴェベリット》に肉薄し、その鼻っ面に鋭い突きを放つ。まさに目にもとまらぬ速さだ。

しかし、細剣は表面の岩をほんの少し削り取るだけで弾かれてしまう。

間髪容れずユズリアは落下しながら二発破岩蛇《ヴェベリット》の喉元を突くが、同じように小石を散らすに過ぎない。

破岩蛇《ヴェベリット》が蛇とは思えない甲高い咆哮を放つと、身体の周りにいくつもの魔法陣が展開され、大きな岩の弾丸が射出される。『反転《カウンター》』だ。

宙にいるユズリアにその岩を避ける術はない。かといって、細剣では『身体強化魔法《パミューム》』があってもその岩をいなすことは難しいだろう。

俺は二本指を立てる。

遠くから、ユズリアが一瞬こちらに目を向けた。その表情を見て、俺はそっと指をほどく。

ユズリアの周りに魔法陣が展開する。金色の強い閃光を放つと同時に、雷撃の槍が弧を描いて落石を次々と撃ち落とす。

そして、ユズリアが地に足をついた瞬間、彼女は再び姿をくらました。

気が付けば、ユズリアは破岩蛇《ヴェベリット》の体表を削り取りながら真上へ、さらに瞬きの隙に再び岩を散らし、真下へ。その動作は繰り返す度《たび》に速度を増し、雷の残像が破岩蛇《ヴェベリット》を包み込む。

砕け散る破岩蛇《ヴェベリット》の岩が、雷に弾かれて火花を散らし続ける。

しかし、破岩蛇《ヴェベリット》の『反転《カウンター》』も同時にすさまじい速度で展開される。縦横無尽《じゅうおうむじん》に駆け回るユズリア目掛けて、無数の岩石の塊が追尾する。岩石は互いにぶつかり合い、その摩擦によって熱を帯びて溶岩のように真っ赤に染まる。

あんなの、掠っただけで半身が焼け焦げるぞ……

すさまじい速度で削られていく破岩蛇《ヴェベリット》の体表から、艶《つや》めく肉肌が見えてきた。

しかし、『反転《カウンター》』によって生まれたマグマの岩石が瞬時に纏わりついて血肉を隠し、いつの間にか破岩蛇《ヴェベリット》は真っ赤に身体を焦がす。全身から煙が立ち昇り、体表の岩石はぐつぐつと音を立てる。

流石のユズリアも速度が落ちてきた。その間にも、何倍にも膨れ上がった大きさの真っ赤な岩石が彼女の背に迫っていた。

ユズリアが一度距離を取ると、岩石の群れは追尾をやめ、破岩蛇《ヴェベリット》の周りを纏わりつくように高速で渦巻《うずま》く。

「おいおい、これは厄介過ぎるだろ……」

餓死戦法は間違いじゃなかったと思わされる理不尽さだ。まともに戦ったら、こうなるのだから。この体表に剣を突き立てたとしても、一瞬のうちに溶けてしまうだろう。さて、ユズリアはここからどうするつもりなのか。

ユズリアがチラッと俺を見る。その意味を俺は瞬時にくみ取った。

ユズリアの姿が消え、再び岩石の渦を縫うように跳び回る。

その靴と足全体に向けて『固定』をかける。これでユズリアの靴と足はどんな鋼よりも固く、決して傷付かなくなった。

その足で、ユズリアは次々と岩石を蹴り飛ばす。そして、軌道のズレた岩石に後続の岩石がぶつかった瞬間、俺は右手を素早く振り下ろす。ぶつかった二つの岩石はピタッとくっ付き、一回り大きくなる。あとは、この繰り返しだ。

真っ赤な岩石の塊は徐々に大きくなり、優に破岩蛇《ヴェベリット》の大きさを超えるほどになっていた。しかし、速度は変わらず、ユズリアを追尾し続ける。

山のような巨岩が背に触れそうなほど接近するのにも構わず、ユズリアは破岩蛇《ヴェベリット》の鼻先に降り立つ。ユズリアの背中を溶岩が焦がそうとした刹那、今まで以上の速さで雷の如く加速してユズリアの姿が消え、追尾を振り切る。

おいおい、今まで速度を抑えていたとでも言うのか。

追尾先を完全に見失った巨岩が、速度を落とせずに破岩蛇《ヴェベリット》にぶつかり、周囲に衝撃を撒き散らす。形も残らずに砕け、血肉を焼け焦がす破岩蛇《ヴェベリット》。もう、『反転《カウンター》』が発動することはなかった。

「よっ、と！」

稲妻を纏って戻ってくるユズリア。どうやらどこも怪我はしてなさそうだ。

「いえーい！　息ぴったり！」

そう言いながら、ユズリアは満面の笑みでVサインをする。

俺は苦笑を零しつつも、ぴたっとくっ付けた二本の指を横に開いて、ユズリアの動作を真似た。

まさか、ユズリアがこれほどまでに強いとは思わなかった。

最後のあの馬鹿げた速度。到底、目で追えるものではなかった。こんな攻撃を出会い頭《がしら》にやられていたら、きっと俺は今この場にいないだろうな。

「ふぅー、久々に緊張したぁ～」

「お疲れさん！」

息を吐いて脱力するユズリアに、俺は労《ねぎら》いの言葉をかける。

ユズリアがじっと俺を見つめる。そして、上目遣いで何かを訴えるようにぴょんぴょんと背伸びした。

「んっ！」

「え、何……？」

「んーんっ！」

これはあれだろうか。

あってるかも分からないが、俺はユズリアの頭を撫でる。雷撃の残滓《ざんし》がぴりっと微かに俺の指を伝う。

「えへへっ……」

先ほどまでの凛々《りり》しい姿はどこへやら、なんとも腑抜《ふぬ》けた、とろけてしまいそうな表情だ。

まあ、頑張ったし、こんなのでいいならいくらでも撫でてやろう。それにしてもコノハといい、ユズリアといい、頭を撫でられるのが好きなんだろうか。

そういえば、ユーニャもご褒美くださいとか言って、なぜか俺に頭を撫でるように要求していたような……

うーむ、若者の流行なのか？

今度、妹にも久々にやってみようかと考えたら、なぜか寒気がした。今やったら、手がちぎり取られそうだ。あいつ、最近反抗期っぽいしな。

そこで、ユズリアが思い出したかのように周囲を見回す。

「あっ、そうだ。セイラさんとドドリーさんは大丈夫かしら」

「あー、多分大丈夫だろ」

そう言いながら、ユズリアと俺は後ろの方にいるセイラとドドリーを見る。

まず、セイラが光魔法で宙を舞いながら破岩蛇《ヴェベリット》を引き付ける。

どうやら前衛はセイラで、後衛がドドリーのようだ。神官が前衛なんて、聞いたことがない。一般的に神官は回復魔法や物理障壁、魔法障壁のような防御魔法を使う後衛職だ。

俺が不思議に思っていると、セイラが柔らかな笑みを零すのが見えた。慈愛に満ち溢れた、まるで女神のような微笑み。

そして、次の瞬間――セイラは錫杖で破岩蛇《ヴェベリット》の脳天を思いっきりぶん殴った。

すさまじい衝撃音と共に、破岩蛇《ヴェベリット》の岩肌が硝子のように砕け散る。その攻撃の衝撃は破岩蛇《ヴェベリット》の身体を一直線に突き抜け、地面を大きく陥没《かんぼつ》させた。

俺は思わず「怖っ」と心の声を漏らす。

破岩蛇《ヴェベリット》の『反転《カウンター》』が発動し、すぐさまその肉肌を埋めようと展開された魔法陣から岩石が射出される。しかし、次の瞬間には風が具現化してできた矢が、寸分の狂いもなく岩石の中心を貫いていた。おそらく、ドドリーによる攻撃だろう。

無数にセイラへと襲いかかる岩石を、風の矢が次々と撃ち落とす。その間、セイラは錫杖でひたすら破岩蛇《ヴェベリット》を殴る、殴る、殴る。

錫杖を振るう度《たび》に、セイラの笑みが愉悦に歪んでいくのは気のせいではない。なんなら、彼女の口から聞こえてほしくもない狂喜じみた笑い声すら聞こえる。

「な、何あれ……」

流石のユズリアもドン引きしていた。

体表をほとんど削り取られ、ボロボロになった破岩蛇《ヴェベリット》。最後の力を振り絞ってか、今までで一番大きな岩石をセイラに向けて撃ち放つ。

「あっ！　あれ！」

ユズリアが指さす方向を見ると、いつの間にかドドリーが破岩蛇《ヴェベリット》の真上にいた。そして、弓矢を構え――ずに投げ捨て、なぜかそのまま風魔法で速度を上げて破岩蛇《ヴェベリット》に向けて飛び込む。

「ふーぁはっはっはっはッ！」

「きゃはははっはっはっはッ！」

ドドリーとセイラの高らかな笑い声が響き渡る。

撃ち放たれた山のような巨岩はセイラの一撃によって粉々に砕け散り、破岩蛇《ヴェベリット》はドドリーによって脳天から一直線に貫かれた。生気を失い、パラパラと散る岩と共に地に堕ちる破岩蛇《ヴェベリット》。

残ったのは高嗤《たかわら》いするマッチョエルフと、返り血を浴びたバーサーカー神官だ。

「何あれ、怖い……」

二人の戦いを見ていた俺とユズリアは、抱き合って静かに震えていた。


「お二方、そろそろ街に着いた頃でありますするかねぇ」

コノハの言葉に、俺はセイラとドドリーを思い出す。

セイラとドドリーが聖域を発って六日。もうそろそろ、冒険者ギルドのある街に着く頃合いだ

ろう。

俺は聖域での平穏に身を包んで紅茶を啜《すす》る。

う～ん、なんのハーブか分からんが美味い！　味っていうか、雰囲気が美味い！

目の前でぽふぽふと揺れるコノハの尻尾が俺の首筋を撫でてこそばゆい。だが、それがいい！

俺の膝の間にすっぽりと収まるコノハは念入りに紅茶をふーっ、ふーっと冷ます。狐なのに、猫舌なのか。

「それにしても、のんびりでありまするなぁ」

「ああ、至高の幸せだ……」

陽気な天気にどこかからカラフルな花びらでも飛んできそうなくらいだ。ユズリアもゆっくりすればいいのに。

なぜか分からんが、家事が楽しいらしい。貴族のお嬢様だから、物珍しく感じるのだろうか。

せっかく久しぶりに俺が料理でもしようと思ったのに、コノハと共に追い出されてしまった。

まあ、いい。ご飯をつくってくれる可愛い同居人。懐っこくて愛くるしい月狐族の少女。実に結構じゃないか。

「でも、また何か起こりそうな気がするでありまするなぁ」

「馬鹿言え。こんなS級指定の危険地帯にぽんぽん人が来てたまるか。今までは偶然が重なってただけだ」

そういえば、セイラとドドリーが旅立ち際《ぎわ》、妙なことを言っていたっけ……

『もしかしたら、またお世話になることがあるかもしれないです』

『うむ、その時はよろしく頼むぞ、兄弟！』

あの二人、一体何が伝えたかったのだろうか。

S級冒険者がパーティーを組んで行動することは少ない。しかし、セイラとドドリーは長年連れ添っているような雰囲気があった。おそらくあの二人は夫婦……いや、恋仲のようなものなのだろう。ドドリーからは女性に尻に敷かれる俺と同種のオーラを感じた。誠に遺憾《いかん》である。

「なんにせよ、ようやくゆったりできるんだ。う～む、やっぱりよく分からないけれど、この紅茶は美味い！」

「美味い！　であります る」

さて、この後はどうしようか。ユズリアがつくった昼食を食べた後は昼寝でもして、畑を見に行って、魚が食べたいから近くに川でもないか探すか。

やること、やれること、まだまだたくさんある。でも、焦らない。無理に働かない。じゃなきゃ、忙しない田舎暮らしになってしまう。あくまでも、やりたいと思った時にやりたいことをする。これがスローライフってもんだ。

聖域に辿り着いてから今までは、降りかかる物事の対処、生活基盤の構築でてんやわんや。だが、それもあのヘンテコな二人が去るまでの出来事。

もう働かないぞ。今こそ、俺の夢は叶うんだ！　カモォンヌッ！　マイドリームライフッ！

「むっ、何やら気配が……」

目の前の狐耳がピンッと立つ。

「だから、さっきも言っただろ？　ここはそんなに人が易々《やすやす》と来れていい場所じゃないんだよ」

「いや、しかしすごい殺気でありまするよ」

「き、気のせいだとも。そんな分かりきった面倒事なんて、もうこりご――あっ……」

なんてこった。

コノハが正しかった。そりゃ、コノハだってS級冒険者なんだ。気配察知を間違えるはずがない。

いや、分かっていたけれど！　だって、コノハ優秀だもん！　狩猟に料理、魔物討伐から畑の手入れまで、なんだってそつなくこなすんだよ、この天才狐っ娘！

これでまだ十二歳だと!?　俺が十二歳の時は右も左も分からずに、スープを頭から被ってたんだぞ!?

ちきしょう……今回もばっちり俺より先に察知しやがって……

俺は思わず乙女座りで涙を流してしまった。

だって、アタイ悔しい……！

「な、なんなの、この殺気⁉」

ユズリアもエプロン姿で玉杓子片手に飛び出してくる。

肌が粟立《あわだ》つほどの殺気はもうすぐそこまで来ていた。

だんだん悲しさよりも、怒りが沸いてきた。

ティーカップを放り捨て、気配の方へこちらから向かう。

一体、誰なんだ！　俺のスローライフを邪魔しやがって！　というか、こんなに殺気を振り撒いて歩く奴がどこにいるってんだ！

ちきしょう、そのご尊顔《そんがん》を拝んでやろうじゃねえか！　ろくでもない奴だったら、漏らすまでその場に『固定』してやるからな！

今日の俺はいつもの優しい俺だと思うなよ！

「おいッ！　一体、どこのどい――ッ⁉」

殺気の正体が姿を現した瞬間、俺は動きを止めた。

「なっ……⁉」

見覚えのあるローブに身を包み、肩まで伸ばした黒髪。全体的に丸みを帯びているたぬき顔。俺のことをゴミでも見るかのような冷ややかな目つき。髪を編み込んだ側頭部に着けた小さな赤いリボンは、確かに俺が昔にあげた物だ。

「ななっ、なんでここに……っ⁉」

「見つけた……お兄《にい》」

わざわざ殺気をばら撒いてきた襲撃者は、正真正銘《しょうしんしょうめい》、俺の妹だった。

「お兄が悪い女に誑《たぶら》かされているって聞いた……」

「落ち着け、サナ。一体、何を言ってるんだ⁉」

妹のサナはじっと俺の後ろを睨むように見ている。左右に視線が揺れ、そして、コノハに焦点を絞った。

「お兄……悪い女は一人じゃなかったの？　もう一人、増えてる……」

そこでようやく、俺はサナの言っていることが理解できた。

確かにユズリアが強引に住み着いた的なことをサナの手紙の返事に書いた。しかし、なぜサナはこんなに前代未聞レベルでぶち切れているんだ⁉

表情一つ変えずに抑揚もない声を発するサナだが、兄には分かる。駄々洩《だだも》れの殺気はもちろんとして、右人差し指に嵌めた指輪をひっかく仕草は、サナの沸点がとっくに臨界点《りんかいてん》を超えている証だ。

「ち、違うぞ、サナ。コノハはそういうのじゃない。いや、ユズリアもそうじゃないんだ！」

「言い訳、しない……」

じりじりとサナが俺に詰め寄る。

「よく分かりませぬが、某は月狐族のコノハといいまする。ロア殿の所有物ということになっているでありまする」

ちょぉおいッ！　コノハ、なんで今それを言った⁉　ねえ、どうして⁉

「あなたがロアの妹さんなのね！　初めまして、ユズリア・フォーストンよ。ロアの妹ってことは、もう私の妹よね⁉」

ユズリアさんまで何言ってくれてるんですか⁉　あなたたちにも分かりますよね、この殺気。あかんて……ほんまにえぐいって……

「所有物……？　私の妹……？」

表情がぴくりとも動かないのに、どうしてだろうか。サナの背後に鬼神《きじん》が見える。

駄目だ、今日が俺の命日だ……

「お兄……？」

「ひゃ、ひゃい⁉」

サナの氷のような声を聞き、俺の足下から髪の先まで震えが突き抜ける。膝がガクガクと笑い、冷や汗がドバドバ溢れ出た。

「手、出したの……？」

「だ、出してない！　陽光神《ローシャス》様に誓って、手は出していない！」

「――えっ？」

そう聞き返されたかと思ったら、突然ユズリアが照れたように頬を赤らめる。

おい、待て待て待て！　何を口走ろうとしているんだ!?　俺はまだ悲しき童貞だぞ!?

「(頭を撫でて) 優しくしてくれたじゃない」

「お兄……？」

ユズリアの誤解を招きかねない発言を聞いてサナは怒ったような顔で俺を見た。

「はっはっは……変な言い方するなあ!?　違う、誤解《ごかい》だぞ？　いいか、お兄ちゃんを信じるんだ！」

「某、昨夜は (尻尾を) 許可なしに弄《もてあそ》ばれたでありまするよ」

「お、に、い……？」

コノハの呟きを聞いて、サナはその怒りを露わにした。次の瞬間、サナの指輪に嵌め込まれた宝石が輝きを放ち、サナの周りに星が出現する。それと同時に辺りの空気が震え出した。

「サナ、待て！　待ってくれ！　本当に違うんだ！」

息苦しささえ覚えるほど、魔力がこもったその星に、俺は思わず二本指を立てる。

刹那、今まで無表情を貫いていたサナが、にっこりとそれはもうとびきり可愛く微笑んだ。

――あっ、死んだわ……

「問答、無用！」

サナの姿が煌めく軌跡を残して、一瞬で俺の眼前に迫る。

「速い!?　私と同じ魔法!?」

「いえ、あれは星々の力を利用する『天体魔法《アステリスク》』でありまする！」

背後から聞こえる解説にうなずく暇すらなく、サナの光球を纏った拳が光の速さで俺の顔目掛けて飛んでくる。

「ひぃぃぃいいっ……！　――ッ『固定』！」

分かっている。『固定』を使っても無駄だということは。だって、サナの固有魔法は――

俺の頬とサナの拳がぴたっとくっ付いた瞬間、サナは二本指を立てて横に切る。そして、微笑んだまま呟く。

「――『解除《かいじょ》』」

うん、知って――

「たぶっれぶぁああっ!?」

サナの渾身の右ストレートを受けた俺は、口から変な呻き声をまき散らして後方に吹き飛んだ。

後ろ向きに流れる俺の視界が星の軌跡を捉える。そして、俺の背が地面に着く前にサナが真上に現れた。既に腹の先に迫った煌めく足。

「こ、こていぃぃいいっ！」

「……『解除』」

サナが二本指を横に流す。

下腹部から鳴ったペキッという、おおよそ人体から聞こえてはいけない音と共に、俺の身体は泉へと蹴り落とされた。最後に覚えている感覚は泉の底に勢いよく叩きつけられる衝撃。

混濁《こんだく》する意識の中で俺は思った。

なんか最近、聖域に人が来たかと思えば、俺がそいつに振り回されてばっかりだな……

「いいか、コノハ？」

椅子に腰かけるサナの膝の上にちょこんと座るコノハを見上げた。

そして、俺は諭すような口ぶりで語り始める。

「俺は世の中に正しくありたいんだ」

綺麗に折りたたまされた足の上下を入れ替える。いや、もう感覚ねぇや。

目の前でゆらゆらと揺れるサナの白い素足。まるで、いつでもその顎を蹴り上げるぞ、と言われているかのようだ。

しかし、冷静に考えてみよう。世界一可愛い女の子のおみ足が目の前にあるのだ。これはご褒美なのではないだろうか。

――そう、実の妹でなければの話だ。

俺は白磁の肌を伝うように視線をせり上げていく。無表情、だけど確かに軽蔑的なサナの眼差しが俺の心を抉った。

「一体、なんの話でありまする？」

首を傾げるコノハに説明しようとするが――

「だからな、今のこの状況は間違っている。俺はそう言いたいわ――げふっ……！　あ、はい……すんません」

サナに顎を蹴られ、鈍い痛みが走る。色んな思いも相まって、ほろっと涙が零れた。

「お兄、調子に乗らない」

「そう言われましても、もう限界が近いと言いますか、とっくに超えている気がしてると言いますか。なんだか、下半身が全て冷たいんですよね。ははっ……」

三時間だ。

聖域に来てからの一連の出来事を洗いざらい話し、誤解を解いてからもう三時間。俺は未だに正座の刑から逃れることはできていない。

誤解は解いたはずなのに、どうしてかって？　妹曰く、

「なんか、むかつく」

だそうだ。

これを理不尽と言わずして、何と呼ぶのか。

「っていうか、そもそもどうしてここにサナがいるんだよ」

「手紙で言ったはず。もうすぐで学校卒業だって」

「それは聞いたけど、わざわざこんな辺境まで会いに来るなんてどうかしているぞ？　だいたい、就職はどうしたんだ。学校を卒業したら、すぐ働くのが基本だ」

「ニートのお兄に言われたくない」

「うぐっ……」

なんて鋭利な『反転《カウンター》』なんだ。破岩蛇《ヴェベリット》も驚愕の数十倍返しだ。

「お兄に会うために、内定蹴ってきた」

「何しているんだよ、全く。どこからお誘いもらっていたんだ？」

「宮廷魔法師団《きゅうていまほうしだん》ってとこ」

「宮廷魔法師団っ⁉」

俺は思わず聞き返した。宮廷魔法師団といえば、エリート中のエリート。魔法関連の職業で一番の高給取りだ。入団してしまえば、生涯安泰、人生ゴールインだとさえ言われている。

「しかし、宮廷魔法師団への入団と言えば、どの国でも推薦方式だったはずでありまするよ？」

「そうだぞ、コノハの言うとおりだ。どの国でも十年以上被推薦者が出ないことなんてザラにあるんだし、そんな簡単に就けるものじゃないんだぞ」

コノハと俺のやり取りを聞いたサナは、煮え切らない返事をする。

「よく分からないけれど、誘われた？」

「なんで疑問形なんだよ……」

しかし、ご覧の通り俺の妹はハイパー優秀な魔法使いだ。学園のローブの胸元にきらりと輝く白金に赤玉を嵌めた記章《きしょう》は、全ての魔法学校の中で一番の名門と名高い帝立魔法専門院を首席で卒業した証。S級冒険者なんて肩書きよりも、よっぽど価値のある物だ。

というか、主席卒業？　お兄ちゃん聞いてないんですけど？

そんな超優秀な自慢の妹だ。もちろん、S級指定の危険地帯を一人で闊歩《かっぽ》することなど、造作《ぞうさ》もなかっただろう。

優秀過ぎる妹を持ってしまったばかりに、俺は今、スローライフを大きく脅《おびや》かされているわけだ。

「とにかく、コノハさんは安全。それは分かった」

サナの呼び方を聞いたコノハが不満そうに漏らす。

「サナ殿、もっと気軽に呼んでほしいでありまする」

「……コノハ」

どうやらサナはもうコノハを敵対視していないみたいだ。

ぎゅむっとコノハを抱きしめるサナ。そういえば、サナはぬいぐるみとか小動物が好きだったか。

うーむ、こうして見ている分にはただの超絶美少女なのに。

「でも、この女は駄目。お兄、危ない……」

サナはそう言いながら、ちょうどできあがった料理を卓に運びに来たユズリアを指さす。

というか、どうしてコノハもユズリアも、俺が三時間も正座させられているというこの状況で平然としているんだ？　ちょっと薄情が過ぎませんかね。

「うん？　私？」

ユズリアは首を傾げる。

「魔力鳥《マジックバード》に視界共有して、ここでのお兄とこの女の様子を見てた」

「うん、それ超高等魔法な。そんな平然と使えると公言していいことじゃないぞ？」

ヌルッとすごいことを言うサナに、俺は思わずつっこむ。

遠距離での視界共有魔法なんて、一体この大陸で何人ができる術だと思っているんだ。多分、サナを含めても片手で収まるぞ。

「この女、お兄と一緒に寝てた。つまり、お兄を汚《けが》された。許せない……」

「おい、待て。実の妹に言いたかないが、俺はまだきれいさっぱり童貞だ」

「嘘……男は獣。これお兄が教えたこと」

「確かに言ったけど！　間違ってないんだけど！」

妹からの信頼がなさ過ぎて、もう俺が何を言っても駄目そうだ。嘆かわしいかな、この状況。

ユズリアがうーんと唸る。

「私としても、手を出してくれたら話が早いんだけどねぇ。というか、私の裸を見といて夜這《よば》いの一つもないって、結構自信なくすわね」

サナの指輪が輝く。ぷらぷら揺れていた足がきらきらと星を纏い、俺に向かって蹴り出される。

「あぁあああぁッ！　こていぃッ！」

顎の先にサナのつま先がくっ付く。サナの足の周りを煌めく星が俺の目の前を飛び跳ねた。

「お兄、うるさい……『解除』」

瞬間、脳天まで衝撃が突き抜け、俺の視界が明滅した。

俺が唯一勝てない相手が妹だなんて、あんまりだ……。

サナの固有魔法──『解除』。俺の『固定』と全くの正反対の性質で、あらゆるものとものを解きほぐす魔法だ。

『魔法除去《リリースマジック》』に近いが、詠唱なしで二本指を横にスライドするだけで発動する。『魔法除去《リリースマジック》』でも解除できないものさえ、全てを解除してしまう。例えば、組み込まれた魔法陣と魔力を離してしまえば、どんな魔法でも効力が出ずに即座に霧散してしまう。物理的な攻撃に関しても、込められた力と動きを『解除』してしまえば、どんなに強力な一撃だろうとサナには届かない。

俺と同じく地味で、理不尽な魔法。それが『解除』だ。

ちなみに、ご覧の通り『固定』との相性は最悪。加えてサナは『天体魔法《アステリスク》』という星の力を身に宿して身体能力を強化したり、星そのものを生み出して流星群として降らせたりする派手で強力な魔法も使える。『固定』しか戦う術を持たない俺が勝てる要素は皆無《かいむ》だ。

「今日から私がお兄と一緒に寝る」

「はあ!? ここに住む気なのか?」

「そう。お兄の監視」

本気で言っているんだろうか……いや、マジなんだろうなあ。サナは昔からとんでもなく頑固だからな。

「異議ありッ!」

ユズリアがびしっと玉杓子でサナをさす。

なんだ? 不当裁判ならどうせ俺の有罪で終わるぞ?

「ロアは私の夫よ。だから、たとえ妹だとしても、一緒の寝室は譲れないわ! 私だって、さっさと既成事実をつくらないといけないんだから！」

「何言ってるんだ、ユズリア？」

それを聞いて、サナがコノハを抱えて勢いよく椅子から立ち上がる。

「違う。お兄は一生童貞」

「何言ってるんだ、サナ!?」

睨み合う二人。なんということだ。バチバチと散る火花だけじゃなく、稲妻と煌めく星々まで見えてきた。

「じゃあ、某がロア殿と共に寝るでありま――」

コノハの発言に、サナとユズリアの声が重なる。

「「それは駄目ッ！」」

「おおぅ……息ぴったりでありまするな……」

サナから逃れ、二人の圧に思わず後ずさりをするコノハ。分かるぞ、その気持ち。

「はぁ……俺のスローライフが……」

言い争うサナとユズリアを目の前に、俺は大きくため息を吐くのであった。

結局、日替わりで俺は寝床を変えなければいけなくなったらしい。

ならば、もう一部屋寝室をつくればいいだけだ。そう提案したところ、なぜかサナとユズリアに猛反対されてしまった。

とにかく、俺には自室という居場所がないみたいです。可哀想過ぎるな、うん。

そんなわけで、昨日まで空き部屋兼来客用だった部屋がサナのものになった。

「疲れた。もう寝る」

生地の良いワンピースに身を包み、髪を梳《す》いたサナはそのままベッドにダイブする。俺と二人きりだと、少々気が抜けるところは変わっていないようで安心だ。

「もっと端に寄れ。俺の寝る場所がないだろ」

「何言ってるのお兄。いっぱい空いてる」

そう言いながら床を指さすサナ。

「俺に床で寝ろって言うのか……」

「冗談。お兄はもうおじい。だから、身体は大事」

「不名誉な韻《いん》を踏むな。あと、まだ俺は二十二だ」

それから、しばらく沈黙が続いた。反対を向いて横になるサナの表情は見えない。まだ寝てはいないようだけれど。

サナとこうして二人で夜を過ごすのはいつぶりだろうか。それこそ、まだパンプフォール国に出てくる前が最後だ。それを機にサナは学生寮に入ってしまったから、年に数回顔は合わせても、食事がてら近況を聞くくらいだった。

「なんか、懐かしいな」

俺の呟きに、サナが答える。

「……何が？」

「こうして二人で寝るのがだよ。十年ぶりだ」

「……そう」

また静寂。

年頃の妹と話すのって、難しくないか？

そう俺が頭を悩ませていると、

「お兄、私学校卒業したよ？」

とサナが呟く。

「おう、偉いぞ」

頭を撫でると、少しの間の後、勢いよくその手を払われた。

「お金、いっぱいかかった？」

いつもより抑圧された声に思えたのは、そういうことだったたか。本当に、昔も今も変な心配ばかりしやがって。

「そんなことないさ」

色々考えて、そんな言葉しか出てこなかった。

「嘘。お父《とう》の借金だってあった」

「サナが気にすることじゃない。現に今は金に困ってないじゃないか」

長い沈黙。それを破ったのはサナだった。

「……ここに来る前に、パンプフォール国に寄ってきた」

心臓がキュッと音を鳴らす。

俺は夜の帳《とばり》の下りた窓の外に目を向けた。暗闇にぼんやりと光を浮かべる泉の周りを、夜紋蝶《やもんちょう》がゆらりと飛んでいる。

「話しておくべきだったな。パンプフォール国での俺の生活。辛かっただろ？」

パンプフォール国での出来事は、もちろん妹には話していなかった。

わざわざ言う必要なんて一切ない。でも、そのせいで妹には嫌な思いをさせてしまったかもしれない。

「そんなことない。お兄の方が辛かったはず」

「……まあ、そりゃ生きてるんだ、辛いこともあったさ」

「安心して。お兄の悪口言った人たち、全員星屑《ほしくず》にしてきた」

「おい、何したんだ⁉」

「ちょっと、礼儀とお兄のすごさを教えてきただけ。大したことはしてない」

サナが冒険者を裏路地に連れ込んで、ボコボコに殴り倒してる姿が容易に目に浮かんだ。あの国の冒険者でサナを止められる奴はいないだろう。

まあ、気の毒だとは思わないけれど。ああいう奴らは標的が消えたら、また新しい標的を探す。一度、痛い目を見るのも悪くはないだろう。その相手がサナだったのは少々運が悪かったとは思うが。

それにサナは俺の名誉のために怒ってくれたらしい。そんなに兄想いの妹だったなんて嬉しいじゃないか。

「私、これからはお兄と住む」

「いいのか？　サナなら引く手数多だぞ？　お兄ちゃんとしては、早く良い相手でも見つけてほしいんだが」

「そんなのいらない。私はお兄と暮らしたいだけ……昔みたいに」

サナの言葉を聞いて、思い出がフラッシュバックする。

田舎の村で俺とサナ、母親の三人で過ごした日々。父親はいないようなものだったけれど、確かに幸せだった。

サナも同じ思いなのだろう。それに俺だって、サナにいてほしくないわけじゃない。でも、サナはもう二年も前に成人した大人だ。いつまでも俺が親の代わり面《づら》したって仕方がない。

「もう、あの時みたいにどっか行っちゃわないで。私は学校なんかより、お兄の方がずっと、ずっと大事なんだから……」

「サナ……」

相変わらず、サナは俺に背を向けたままだった。ただ、布団の中で俺の手をぎゅっと握ってくる。

「じゃあ、しばらく一緒にゆっくりするか」

「……うん」

背中越しにサナが表情を崩した気配がした。

「お兄？」

「なんだ？」

「……色々、ありがとう」

ちょっと、驚いた。だから、一拍遅れて俺は小さく笑った。

「愛《う》い奴め」

数秒後、案の定わき腹に鈍い痛みが走る。

チラッと見えたサナの顔はやっぱり淡泊だったけれど、どこか嬉しそうに見えた。

第四章　色のない世界

「ロア……？」

「お兄……？」

ユズリアとサナがぐいっと俺に顔を近づけてくる。

「「どっちを選ぶの？」」

さらに距離を縮める二人。もう、二人の唇が俺の顔に触れそうだ。

聞こえてくる鼓動が、俺のものか二人のものか分からない。

どうすんの、俺⁉　どうしちゃうの⁉

「――って、そんなん選べるかぁああッ！」

自分の声が耳に伝わった。当たり前のことなのに、何かがおかしい。

そうか、これは夢か。

そして、今発した言葉は寝ぼけて現実の俺が口にしたものだ。

というか、普通に考えて妹は駄目だろう。

窓から差し込む朝陽が眩しすぎて、ほんの少し開けた目を閉じて反対を向く。

額にムニッと何かが触れた。規則的に聞こえてくる鼓動。そして、温かく、肌のような滑らかな感触。

おやおや、やってしまいましたかね。まあ、朝っぱらだから事故だよな。ただの不可抗力だ。それにしても、おっぱいって案外柔らかくないいんだなぁ。

昨日はユズリアとサナ、どっちと寝たんだっけ？　うーむ……この控え過ぎる、なんなら少し硬いんじゃないかとすら思える感触。さては、サナだな？

やれやれ、実の妹に欲情するわけにもいかない。バレる前にさっさと起きるか。

名残惜《なごりお》しさを感じつつ、俺はゆっくりと目を開ける。

視界一杯に広がる大きな胸板。褐色の肌。なぜかオイリーな筋肉。

「ふーっはっはっはっはッ！　兄弟よ！　寝坊か!?」

………なんだ、まだ夢か。やれやれ、悪夢を見ない魔法とかないもんかね。

俺はゆっくりと目を閉じ、また開ける。

うん、なるほどね。

静寂の後、俺が朝から喉が裂けんばかりの絶叫を発したのは、言うまでもない。

「ロア殿、どうしたでありまする？」

朝から全員のいる前で、十二歳の少女に縋《すが》りついてめそめそと泣く二十二歳の無職。

悲しいかな、俺のことだ。

「お兄、大丈夫。まだ汚《けが》れていない」

サナのよく分からない慰めがやけに染みる。

「うむ、ユズリアに頼まれて起こしてこいと言われたが、随分にやけ面で幸せそうに寝ているものだから、起こすに起こせなかったぞ！」

ドドリーはそんなわけの分からない理由で俺の横で寝ていたのか。

「あらあら、ロアさん、夢でも見ていたんですか？」

セイラさん、深く追及しないでください。この場でその発言は非常に危ないんです。

サナがいる場であの夢の内容を話そうものなら……待っているのは厳しいお仕置きだ。

俺の隣にぴたっと椅子をくっ付けるサナ。それを見て、反対側で同じようにして対抗するユズリア。

あの、狭いんですけれど。

サナが聖域に来てから二週間。なぜかことあるごとにサナとユズリアは小突き合っている。

思考が似ているのか、やっぱり二人は案外相性がいいのかもしれない。二人とも友達が少なそうだし、仲良くしてもらいたいものだ。

サナとユズリアに押され、肩身を狭くしながら俺は改めて出戻ってきたセイラとドドリーに目を向ける。

「そんなことより、なんで二人がここにいるんだよ。街に戻ったんじゃなかったのか？」

「うむ。実はな、セイラと二人で逃げてきたのだ」

ドドリーはなぜか平然とユズリアがつくった朝食をかき込む。エルフは肉を食べないと聞いていたけれど、こいつ普通にベーコン頬張っていやがる……

「逃げてきたって、何からだよ？」

「ふぉれふぁだふぁ。ふぁふぇへふほぉ」

「食い終わってから話せ。コノハの教育に良くないだろ」

「あの……某は子供じゃないでありまする……」

結局、セイラが状況を語った。

なんでも二人はセイラの所属する教会から逃げてきたらしい。

すっかり忘れていたことだが、聖職者は生涯未婚を貫かなければいけないという掟がある。結婚してはいけないというオブラートに包んだ言い回しだが、実のところ、純潔を保て、清い身体と魂であれ、ということがその掟の核心だ。

しかし、この掟は平民の俺でも知っているように、あってないような古いしきたり。実際、教会内部では司祭が新米の女性神官を食い物にするなんて話はしょっちゅう耳にする。無欲を旨《むね》とする教会は、献金と称した民からの巻き上げ、浄化の力を持つ聖水の独占販売、そしてこのような劣情に塗れた組織なのだ。

二人が逃げてきた理由も、その卑《いや》しい情欲が原因らしい。

「あの司祭様は天に召されたのです」

そう言いながら、両手を合わせて祈るセイラ。いや、あなたがやったんですよね……

その司祭は他国の教会から臨時で来た痴《し》れ者《もの》で、セイラがただの神官ではなく、S級冒険者かつ山のような破岩蛇《ヴェベリット》を笑いながら粉砕するクレイジーな人間だと知らなかったようだ。

案の定、容姿の優れたセイラは夜伽《よとぎ》に誘われ、司祭を半殺しに。さらに教会に雇われて報復に来た犯罪専門の裏ギルドの連中をドドリーが返り討ちにした。

そこまでが、破岩蛇《ヴェベリット》を討伐しに二人が聖域に来る前の状況だった。

ただ、怒りの収まらないセイラは街に戻った後、ドドリーの静止を振り切り、司祭が所属する他国の教会に単身で乗り込み、その教会を潰してしまったらしい。

流石はバーサーカー神官だ。人を癒すよりも壊す方に特化しているとは。

「俺が遅れて到着した時には、血の雨が降っていたぞ」

余計なことを口にするドドリーに、セイラがにこやかな笑みを向ける。他人の俺ですら悪寒がした。

「うむ……司祭が数人こけていただけだったな……うむ」

ドドリーよ、なんて可哀想な男なのだ。なぜか俺まで胸が痛くなってきた。まるで鏡でも見ているようだ。

「まあ、そんなわけで国とずぶずぶな教会に目を付けられてしまい、私は指名手配中なんです～」

セイラはそんな風に語るが、そんなゆるっとした口ぶりで話す内容じゃない。経緯はどうあれ、普通に考えて大罪人じゃないか。

「だから、誰も来られないここに逃げてきたのか」

「うむ、教会はどの国にも存在するからな。どこの国にもいられん。かといって、エルフの里は人族のセイラを受け入れてはくれないだろう。ここに来る以外の選択肢はなかったわけだ」

「お邪魔でしたら、私たちはすぐにここを発ちますが、どうかご慈悲をいただけないでしょうか」

コノハ、ユズリア、サナの三人に目を向ける。誰一人、反対する者はいないようだ。

「聖域は誰のものでもない。だから、二人も勝手にすればいいさ」

そもそも、許可を求められること自体おかしな話なのだ。俺たちだって、勝手にここに住み着いているだけなのだから。

「流石は兄弟だ！　話の分かる奴ではないか！」

ドドリーと視線が交わる。

その時、俺は確信を持った。やはり、ドドリーと俺は同じ苦しみを共にする仲間だ。

「実際、男が一人で寂しかったところもあるんだ。是非、助け合っていこう。切実に……！」

俺の言わんとしていることが分かったのか、ドドリーがガシッと手を掴む。

なるほど、これが男の友情というものか……！　悪くない！　悪くないぞッ！

「――ふぉっ、ふぉっ。それでは、儂《わし》も住まわせてもらうとしようかの」

突然、謎の声が響き、空気が一変した。かくいう俺も一瞬にして肌が粟立《あわだ》つほどの殺気を漏らした一人だ。

俺はほぼ無意識でコノハを抱えたまま、椅子から飛び退いて壁に背を付けた。コノハは既に札を手に持っている。

ドドリーとユズリア、サナもそれぞれ臨戦態勢に入って声の主に目を向けていた。

そこにいたのは、腰の曲がった小さな男性の老人だった。頭頂部に少しの白い髪を残し、目は開いているのかすら分からないほど細い。鼻下の白い髭《ひげ》と同じく白いぼさぼさの眉。そして、特徴的なのが首筋に走る大きな剣傷の痕。ボロボロのローブを纏い、武器の類《たぐい》は見当たらなかった。

異様なのは、Ｓ級冒険者がこれだけ殺気を放っているのに、老人がピクリとも動じないところだ。

一体、いつからそこにいたのだろうか。老人は全員が囲んでいた卓の空き椅子にいつの間にか居座っていた。Ｓ級冒険者全員の目をかいくぐってだ。

セイラの接近に気が付かなかった時の比じゃない。あの時は全員がセイラの姿を目視していなかったことと、意識が散漫になる屋外だったから気が付けなかったのだ。

しかし、今回は室内だ。誰かしらの視界に老人は映り込んでいたはず。それなのに、彼が声を発するまで誰も認識できなかったことが、どれだけ異常か。

だから、セイラ以外の全員が瞬時に事態《じたい》の異質さに気が付いて、各々できるだけその場から距離を取った。

「あら？　リュグ爺様じゃないですか」

ただ一人、椅子から立たなかったセイラが、表情も変えずに老人に声をかけた。

「ふぉっ、ふぉっ。すまん、誰じゃったかな。最近、物忘れが激しくてのぉ」

「セイラですよ。ほら、よく腰の治療をしてあげたではないですか」

老人はぼけっとセイラを眺め、たっぷり時間を使ってようやくピンときたといった仕草を取った。

「おぉっ、あのめんこい神官の娘か。そうか、そうか。随分と別嬪《べっぴん》になっとったから分からなかったわい」

「いやですわ、リュグ爺様ったら、ふふっ」

二人の和やかな空気に、一番最初にドドリーが殺気を解いた。セイラを信頼しての行動だろう。

それからサナが、そしてユズリア、コノハと続いて、一番最後に俺が肩の力を抜いた。

「セイラさん、このご老人はどなたなんですか？」

ユズリアがそう言いながら、来客用の高そうなティーカップに紅茶を注いで老人の前に置く。

「彼はリュグ爺様といって、私の知り合いです。変な方ではありますが、悪人じゃないので安心してください」

「ふぉっ、ふぉっ、手厳しい紹介だのぉ」

それにしてもこの老人、どこかで見たような気がするんだが、気のせいだろうか。

「昔から徘徊癖《はいかいぐせ》のある方で、ふらっと街から消えては数か月後にまたふらっと顔を見せる、おかしな方なんですよ」

「えっ、セイラさん、それってつまり……」

「ええ、ただのボケた老人です」

わざわざユズリアが言葉を濁したというのに、ズバッと言ってのけるセイラ。セイラの特徴に毒舌も追加、と……

「これこれ、あまり老人を虐《いじ》めないでおくれ」

リュグ爺はティーカップの柄を持たずに湯呑《ゆのみ》のように両手で紅茶を飲む。それ、熱くないのだろうか。

リュグ爺がチラッと俺を見た。それで俺はようやく思い出す。

「あっ、そうか。あなた、馬車の時の……」

ここに来るまでに乗っていた馬車で、俺と一緒に最後まで残っていた老人だ。ずっと眠っていたし、終点に着いたと思ったらすぐに姿を消していたから、あまり記憶に残っていなかった。

「ふぉっ、ふぉっ、あの時の若者か。尻は大丈夫だったか？」

さてはこの老人、狸寝入りだったか。俺と御者の会話をばっちり覚えていた。物忘れが激しいとはなんだったのか。

「ここにはなんの用で？」

「なあに、ただの散歩みたいなものじゃ。歳を取るとやることがなくてかなわんわい」

どこの世界に散歩と称して、S級指定の地帯を徘徊《はいかい》する老人がいるのだ。本当にボケているんじゃないか？

訝しむ俺にリュグ爺はふぉっ、ふぉっと笑ってから続ける。

「それより、会話は聞いていたぞい。儂もしばらくここで過ごしたいんじゃが、どうかの？」

当たり前だが、腑《ふ》に落ちない。現時点ではただの怪しい老人だ。しかし、かといって先ほどもドリーとセイラに言った通り、この聖域は誰のものでもない。

「まあ、一人で自衛できるならいいんじゃないですかね」

そう言うしか選択肢がなかった俺を、セイラがフォローする。

「大丈夫ですよ、ロアさん。リュグ爺様は今にも死にそうに見えますけれど、すごくお強い方なんです」

「神官の娘や、そんなに口が悪かったかの？　儂が覚えている貴様は……はて、なんじゃったか」

老人独特の間の空き方に、俺はため息を漏らす。

こうして、突然三人の新規住人が誕生したのであった。


ドドリー、セイラ、リュグ爺の三人が聖域に住むことになってから三日後。

ドドリーとセイラに一軒、リュグ爺に一軒、新しく家を建てた。幸いなことに聖域にはまだまだ十分な広さがある。なんなら、じわじわと聖域が広がっているんじゃないかとさえ思えた。

これで聖域に住む住人は俺を合わせて七人。しかも、全員がＳ級指定の危険地帯を一人で生き延びることのできる紛れもない化け物だ。

この七人がいれば、恐らく国の一つくらい容易く落とせるだろう。

「よし、家に関してはこれでいいかな。後、希望とかある？」

俺がそう聞くと、ドドリーとセイラは特にないといった素振りを見せる。

「では、儂から一ついいかな？」

リュグ爺が曲がった腰をそのままに、俺を見上げる。

こうして見ると、本当にただの老人なんだよなぁ。強者特有の気配も感じられない。

「儂らは何をすればいいのじゃ？」

「何をって、何が？」

俺が聞き返すと、リュグ爺がはて？　とでも言いたげに首を傾げる。

「お主はここの長なんじゃろ？　そして、儂らは住人じゃ。何かしら役目を与えられるものだと思っとったんじゃがのぉ」

「俺がここの代表？　一体、誰がそんなことを言ったんだ？」

リュグ爺は俺がこの場所の住人をまとめる役だと思っているわけか。

「違ったんですか？」

「うむ、俺も兄弟が取り仕切っているものだと思っていたぞ」

セイラとドドリーもリュグ爺に賛同した。つまり、二人も同じ考えだったらしい。

全く、冗談じゃない。誰が好き好んでそんな面倒な役をしなければいけないんだ。

「今となってはこうして皆がいるけれど、俺は最初、一人でスローライフをするためにここへ来たんだ。ここを何かの組織みたいにするつもりはないよ」

「なんじゃ、そうじゃったのか」

「大体、俺は面倒事が大嫌いなんだ。だから、家を建てるのは俺しかできないからやるけれど、後は自分たちでなんとかしてくれ」

聖域は誰のものでもないんだ。皆が好きなように、生きたいように生きればいいだろう。住まいとか、食料に関してだけ、ある程度共通管理のような形にすれば、後はいつ誰がどこに行こうが、何をして過ごそうが、俺には知ったこっちゃない話だ。だから、そろそろ俺にもゆったりとした日々を過ごさせてくれ……

「うむ、それもまたよかろう！」

ドドリーは大きくうなずいた。

「そうですね。そちらの方が余計ないざこざが起きないでしょう。これ以上人が増えたら話は別ですけれども」

セイラさん、とてつもなくどでかいフラグを立てないでもらえないでしょうか。

「ふむ、それでも皆、何かあったらお主を頼るのじゃろうな」

「おいおいリュグ爺、勘弁してくれよ……」

リュグ爺の発言に、俺はガックリと肩を落とす。

「ふぉっ、ふぉっ、頼られるのは苦手と見えるのぉ。何かあれば、この老骨《ろうこつ》も少しくらい相談に乗ってやるわい」

「助かるよ、リュグ爺」

リュグ爺は相変わらず細い眼をしょぼしょぼさせて笑う。なんだか、サナと母親と暮らしていた時の近所のおじいさんを思い出す。

「私たち、今から昼食をつくろうと思いますけれど、リュグ爺様とロアさんもいかがですか？」

「おぉ、神官の娘や、料理は上達したかの？　昔はそれはもうひどい有様だったような覚えがあるのじゃが」

「ふふっ、リュグ爺様ったら。つくるのは私じゃなくて、ドドリーさんですわ」

「うむ、セイラの料理はいくら俺であっても命を落としかねん」

ドドリーの腹に錫杖が突き刺さる。セイラの変わらぬ笑みにも慣れてきたというものだ。

ドドリーよ、本当、相談ならいつでも乗るぞ。男の約束だ。

「せっかくだけれど、俺は遠慮しておくよ。今からコノハが見つけた川を見に行くからさ」

そう言って三人と別れた俺は、朝から畑の様子を見に行っていたコノハとサナと合流する。

二人揃って土で手を汚していた。仲良くやっていそうで安心だ。そもそも、サナは最初からコノハのことを気に入っていたようだから、なんの心配もしていなかったけど。

コノハに関しては、里での出来事で他人を遠ざける傾向にあると思ったが、どうやら彼女は俺が信頼する人は無条件で信頼するようにしているらしい。なんだよそれ、可愛いかよ。

サナはもちろん、コノハやユーニャが嫁に行く時も、俺は泣いてしまうんだろうな。

コノハに川へ案内してもらおうとすると、サナもついてきた。

「ん？　コノハだけじゃなくて、サナもついてくるのか？」

「当たり前」

「そんな遠くないところでありまする。ユズリア殿が街から帰ってくるであろう夕暮れには、聖域の方に戻れるでありましょう」

ユズリアには二日前から街へ買い出しに行ってもらっている。やはり、未だ調味料や衣類などは定期的に買い出しに行かなければならないため、ユズリアには負担をかけてしまっていた。本人はさほど気にしていない様子だが、やっぱり何かしら考えておく方が今後のためだろう。

ここが人類圏の普通の村なら、定期的に商人が立ち寄って調味料や衣類を売ってもらえるのだが。

聖域はもちろん普通の商人では立ち寄れない。どこかにS級冒険者兼商人なんていう奇特な人物はいないものだろうか。

聖域を出発して魔素の森を南下すること約一時間。俺たちが破岩蛇《ヴェベリット》を討伐した岩肌地帯をさらに奥へ行くと、空気が湿り気を帯びてきたのを感じる。そして、暖かな春の陽気だったはずの空気がいつの間にかひんやりとしてくる。景色は黒い木々に包まれ、そこかしこから魔物の唸《うな》り声が聞こえてくる。

人類圏の外側に位置するここは、まさに未開の地。どんな魔物や自然が跋扈《ばっこ》しているのかも分からない未知の場所だ。

やがて、先頭を歩くコノハが立ち止まる。

「着いたでありまする」

ちょうどサナが後ろから忍び寄る大きな虎型魔物を、巨大な隕石を撃ち放って押し潰したところだった。

コノハの指さす先に、大きな川が見えた。黒い大地と木々に相反《あいはん》し、透き通る清涼な青をたっぷりと含んだ水が帯のように流れている。下流の方に目を向けると、向こう岸が微かに見えるくらい大きな円形の水溜まりになっており、まるで川から湖へと変貌しているようだった。

覗き込むと、川底を滑る魚の群れが見える。どうやらこの川は、魔素の影響をあまり受けていないようだ。湖の方は水深が深そうで、魚の姿は見えるが、道具を使わなければとるのは難しそうに思える。

「なんか、変なのある」

サナが呟く。それは湖のちょうど中央にぽつんと存在する浮島に置かれたものだった。一本の枯れた大樹が生えていて、その根元には大きな繭《まゆ》のような黒い繊維状の球体が二つ並んで鎮座《ちんざ》している。

俺は思わず首を捻る。

「なんだ、ありゃ？」

「何かの卵でありますするかね？」

どうやらコノハもサナも知らなそうだ。もちろん、俺も記憶の中にあのような異物は存在しない。

「気持ち悪い」

サナの発言には激しく同意だ。気にはなるが、この深さでは泳いで行くしか方法はないし、そこまでして確認するようなものでもない。どうせ、虫型魔物の繭か卵だろう。

「一応、壊しておくか。サナ、頼む」

サナが表情を変えずに小さくうなずくと、指輪がギラリと輝き、前方に魔法陣が展開する。ぶわっと魔法陣が大きく広がって消えると同時に、サナの頭上に大きな岩石が生成される。

サナが腕を振り下ろすと、宙を漂っていた隕石が繭に向かって勢いよく落下し、激しい衝撃と土埃を周囲に撒き散らす。

「手ごたえ、ない」

隣でサナが首を傾げた。

浮島を取り巻く煙が晴れる。サナの言う通り、隕石は粉々に砕けているが、繭に関しては無傷だった。

「魔法の威力は申し分なさそうだったように思えたけど？」

俺がそう聞くと、サナは眉根を寄せつつうなずく。

「結構、魔力込めた。けど、多分当たってない？」

「当たってないなら、どうして隕石が砕けてるんだよ」

「おそらく、あの変なもやのようなもののせいでありましょう」

そう言いつつ、コノハが札をぼやっと光らせる。風の刃が空気を切り裂いて射出された。弧を描いた刃が繭を切り裂こうとした刹那、繭から禍々《まがまが》しい黒紫のもやが噴出し、刃とぶつかる。衝撃で辺りを風が吹き散らし、湖が波を立てる。しかし、やはり繭は無傷だ。

「うわ……」

思わずそんな声が出る。

「……面白くない。次は全力出す」

サナの指輪が一層、光を増す。

「待て待て、サナが本気を出したら湖ごと吹き飛ぶだろ」

「……お兄がそう言うなら、やめる」

サナの指輪から輝きが消えたのを見て、俺は焦る胸を撫で下ろす。サナが本気を出せば、間違いなく地形が変わってしまう。そうなれば、せっかく見つけた川も待望の魚も台なしだ。

「とりあえずは放置でいいだろ。今のところ、何をしてくるわけでもないし」

俺たちは湖より上流の水深が浅い川辺で魚をとって帰ることにした。俺がいれば罠や釣り竿など必要はない。石肌に触れる魚を次々と『固定』していく。あとはそれらを回収していくだけだ。

わずか十分足らずで、持ってきた籠《かご》いっぱいの魚がとれた。今日は魚で宴と洒落込もうじゃないか。

聖域に戻る頃にはすっかり陽が傾いていた。

泉が発するおぼろげな光と夕日が混ざり合って、まるで橙《だいだい》の強い虹のように水面が輝いている。

何度見ても幻想的な景色の下、ドドリーが家のそばで腰かけていた。手製の木の弓を真剣な眼差しで手入れする様は、いくらマッチョとはいえ、絵になる。流石はエルフといったところだろうか。口を開かなければの話だが。

俺たちに気が付いたのか、ドドリーが顔を上げる。

「おぉ、帰ったか！　案外早かったな、兄弟たちよ！　して、釣果はどうだったのだ？」

「釣ってきたわけじゃないけれど、この通りだよ」

俺は持って帰ってきた籠の中身をドドリーに見せる。

「なるほど、豊漁というわけだ！」

「まあな。ところで、ユズリアは戻っているか？」

いつも通りの日程でいけば、今日中に帰ってきてもおかしくない。ユズリアも魚を食べたがっていたから、喜んでもらえそうだ。

「いや、まだ戻っていないな」

ドドリーの答えを聞いて、俺は眉をひそめる。

「そうか……少し心配だな」

「ユズリア殿とて、S級冒険者。何かあれば一人で解決できますする」

コノハは特に心配していなさそうだった。

「お兄は昔から心配性」

サナもこの通りだ。

結局、ユズリアは夜になっても戻ってこなかった。取ってきた魚は血抜きをして、コノハが出した氷結魔法で保存しておくことにした。やっぱり、宴は全員が揃ってからじゃないとな。


次の日、俺は朝早くから汗だくで聖域を走っていた。一体、どうしてそんなことをしているのかって？　よくぞ、聞いてくれた。

「ふーはっはっはっは！　気持ちいいなぁ、兄弟！」

そう、俺の隣を上半身裸で走るドドリーのせいだ。サナが朝食をつくってくれている間、少し散歩でもするかと外に出たのが間違いだった。ちょうど、日課の筋トレに勤《いそ》しむドドリーに捕まり、強引に仲間に加えられて今に至る。

いや、一度は逃げたのだ。俺はドドリーに見つかった瞬間、脱兎《だっと》の如く自宅へ飛んで行き、椅子と身体を『固定』。それでもなお、俺を引っ張り出そうとするドドリーの暑苦しさをその場で耐え続けた。しかし、朝食の支度をしていたサナに「二人とも邪魔」と二本指を横に切られながら一蹴されてしまった。

そして、結局今に至る。

「もっと、追い込むんだ！　いいぞ！　辛ければ、辛いほど、俺たちの血肉は湧き踊る！」

……うるせぇ。ただでさえ大柄な身体なのに、仕草から台詞まで全てが暑苦しい。

大体、どうしていつも身体がテッカテカなんだよ。

「おいっ！　汗飛ばすなよ、汚いだろ！」

「何を言うか！　エルフの汗は汚くなどない！」

文句を言う俺に、わざとらしくさらっさらな髪を手でなびかせるドドリー。くそっ！　首から上だけは否定できないくらいのイケメンなんだよなぁ！

「俺はッ！　お前をッ！　エルフなどとッ！　認めていないッ！！！」

こんなゴリゴリなエルフなんて存在しない！　エルフっていうのは、背が高くて、スマートなスタイルで、とびっきりの美人しかいないんだ！　そうですよね、陽光神様《ローシャス》？

これは俺の心を壊さないための防衛本能。ドドリーに幾度となくめちゃくちゃにされた俺の中のエルフ像をこれ以上壊されないためにも、こいつをエルフだとは認めちゃいけない。

というか、こんな筋トレに真面目に付き合ってられるか。

「おい、ドドリー、一旦止まってくれ」

「むっ、どうしたんだ？　もう限界か？　だが、大丈夫だ！　俺たちは限界だと思ったその時から、さらにその倍は頑張れる！　さあ、行くぞ！　きょうだ――」

――『固定』。

走り出そうとするドドリーの足がぴたりと止まる。

「あっ、おい兄弟！　ちょっ、待て！」

待てと言われて、待つわけがない。必死に『魔法除去《リリースマジック》』を唱えるドドリーを置き去り、俺は自宅へ。

「お兄、やっと帰ってきた。遅い。ご飯が冷める」

帰ってくるなり、妹から理不尽な扱いをされた。元はと言えば、サナが俺を追い出したのに……

しかし、先に食べずに律義《りちぎ》に俺を待っていてくれる辺り、やはり俺の妹は可愛げがある。

「サナ、いつもありがとうな」

俺が礼を言うと、サナはぶっきらぼうに答える。

「……汗臭い。お風呂入ってきて」

ふっ、照れ隠しか。まあ、いい。早いところ汗を流して、二人で優雅な朝食としようではないか。

そして、風呂上り。リビングに戻ると、そこにはコノハとリュグ爺の姿があった。いや、なぜいる……

「あっ、ロア殿、おはようでありまする」

「ふぉっ、ふぉっ、孫のつくってくれたご飯は美味いのぉ」

コノハとリュグ爺は、二人してサナのつくった朝ご飯をもりもりと食べていた。というか、サナはリュグ爺の孫じゃないぞ。

「コノハ、口の横にお米付いてる」

そして、俺を待っていてくれたはずのサナも、先に食べ始めていた。なんだろう、この敗北感。

いや、本当に待っていなくてよかったんだけど、よかったんだけど……ねぇ？

妙な寂寥感《せきりょうかん》に駆られつつ、俺はサナの横に座る。ビタッとサナが椅子を俺の方にくっ付けてくるが、これにはもう慣れた。本当は狭いからもうちょっと離れてほしいんだが、そう言うとサナが不機嫌になって怖いから正確には諦めたと言った方が正しいか。

「これ、孫や。茸もしっかり食べるのじゃ」

リュグ爺、コノハもあなたの孫ではないですよ。

「き、狐に茸は毒なのでありまする……」

「そうなのか、サナ？」

学に乏しい俺はサナに尋ねる。

「違う、狐は雑食。なんでも食べる」

「だってさ。コノハ、残すなよ」

「ぐぬぬっ……ロア殿とユズリア殿なら欺《あざむ》けたのに……」

おいコノハ、遠回しに俺とユズリアを馬鹿って言ってないか？　まあ、知らなかったのは事実だけど。

その時、玄関が勢いよく開かれ、ドドリーとセイラが顔を見せる。

「ふーはっはっはっ！　兄妹よ！　飯を分けてくれ！　筋トレに夢中でつくり忘れたぞ！」

「サナさん、すみません～。私たちの分も大丈夫ですか？」

おい、ウチは食堂じゃないんだぞ。あと、サナはドドリーの兄妹じゃなくて、俺の兄妹だ。

「問題ない。いっぱいつくってある」

「おぉ！　流石は兄弟の兄妹だ！」

「ドドリー殿、それはいささかややこしいでありまする」

ドドリーにつっこんだコノハに続くように、リュグ爺が呟く。

「孫の言う通りじゃ。分かりにくくてたまらんわい」

「ふふっ、リュグ爺様も一緒ですよ。誰が誰だか分かりませんね」

さらに話をややこしくするリュグ爺に、今度はセイラがつっこみを入れた。

なんだか、この家も一気に騒がしくなったな。思えば、最初はユズリアと二人きりだったのに、こんなにも人が増えてしまった。

そもそも、俺って一人スローライフを目指していたはずなんだが？　なんだかんだ、四六時中誰かと一緒にいる気が……

まっ、それもいいか。これ以上、何か問題事が起きなければ。


夜中、俺は不意に目が覚めた。窓の外ではぼんやりと泉が光り、空には半月が覗いている。冒険者時代の感覚が鈍《にぶ》っていなければ、恐らく丑三つ時くらいだろうか。

隣で静かに寝息を立てるサナ。その右手は俺の袖口をぎゅっと掴んでいる。それが母親が亡くなってからのサナの癖だったことを思い出す。

俺はサナを起こさないようにローブを羽織って外に出た。泉の発する熱が春の夜風に乗って肌を撫でる。

「どうしたのじゃ？　こんな夜更《よふ》けに」

思いがけず声をかけられ、俺は少し驚いた。見ると、リュグ爺が泉のそばに腰かけて夜月を眺めていた。

「ちょっと起きちゃってね。リュグ爺こそ、こんな時間に何しているんだ？」

「ふぉっ、ふぉっ、歳を取ると長く寝ていられないものじゃ。それに儂はここに来てからまだ数日。この土地が安全だと自分で確認せねば、気が済まない性分でな」

リュグ爺がその細い瞳で俺を見据《みす》える。

「まあ、S級冒険者にとっては当然のことだな。どうせリュグ爺もそうなんだろ？」

「儂はそんな大したもんでもないわい。ただ、長いこと冒険者をやっていて、過大評価されただけの老骨じゃよ」

リュグ爺の皺だらけの細い指先に、夜紋蝶が止まって羽を休める。

少し迷って、結局俺はリュグ爺に疑問を投げかけた。

「なあ、リュグ爺がここにとどまった本当の理由ってなんなんだ？」

リュグ爺は何も言わず、広がる星空に目を向ける。

「俺にはあんたがボケているようには到底思えない。何か目的でもあるなら、面倒だけど手伝うよ」

「ふぉっ、ふぉっ、お主は本当にお人よしじゃのぉ。何かと損する性分じゃよ？」

「分かってるよ。でも、一緒の場所で暮らしているんだ。隣人のことはできる限り知っておくべきだろ？」

リュグ爺が重そうに腰を上げる。皺の多い顔、掠れ気味な声、杖でも欲してそうな腰曲がりな立ち姿。だというのに、俺は龍にでも睨まれたかのように動けなかった。その細い瞼越しの小さな瞳に、ぞくっとした気配が背筋を走る。

ややあって、リュグ爺が口を開く。

「強いて言うならば、最近、この聖域の辺りの魔素がより一層濃くなっているからかのぉ」

「魔素が濃くなっている……？」

「なあに、大して案ずることでもないわい。浮浪人の戯言《ざれごと》じゃ」

そう言って、リュグ爺はいつものように笑いながら家の中へ姿を消した。

魔素が濃くなると、なんだって言うのだろうか。結局、リュグ爺の目的は分からずじまいだ。

俺もそろそろ部屋に戻ろう。そう思った刹那、遠くの方で雷鳴が天を衝いた。

俺は魔素の満ちた森をひたすら駆けた。

心配のし過ぎというサナの言葉が思い返される。確かにそうかもしれない。

夜中に冒険者が移動することはまずない。暗闇がどれだけ敵となり得るのかを痛いほど知っているからだ。

しかし、あの雷鳴は間違いなくユズリアの魔法だ。つまり、ユズリアは今魔法を使わざるを得ない状況にいるということ。

魔物ならユズリアには問題ないだろう。でも、夜襲や何かから追われ続けているとしたら？

結局、一番脅威となるのはいつだって同じ人間だ。魔物よりもずっと狡猾で、邪知深い。

夜更けにのこのこと姿を見せる俺という獲物に、魔物がぎらついた瞳を向けて襲いかかってくる。

その全てを『固定』して走り続けた。

息が切れる。

コノハを起こしてきた方が早かったかもしれない。

リュグ爺は気が付いただろうか。随分遠くの方だったから魔力も感じられなかった。本当に偶然視界に入っただけのこと。

もしかしたら、何回も魔法を放っていたかもしれない。そのうちの一回をたまたま目にした。その可能性ももちろんある。

黒い木々に覆われた前方で、衝撃音が響く。

近い……

微かな土煙と何かが焦げた臭い。間違いなく、ユズリアが何者かと戦っていることを物語っている。その事実だけが、俺の足を止めることなく前へと突き動かす。

そして、視界が晴れる。最初に目に入ったのは帳の下りた暗い闇を照らす炎。燃える木々の周囲に電気の筋が滞留しているのを見るに、恐らくユズリアの魔法で木々に引火したのだろう。バチッ！　という音が耳を伝う。

その炎の明かりの下、地面に倒れ込むユズリアの姿があった。土埃を被り、身体のいたるところに殴打の痕が散見する。闘志の潰えたユズリアの虚《うつ》ろな瞳の向く方向には、身なりのいい金髪の男性。趣味の悪いまだら模様のローブには、鷹《たか》が鼠《ねずみ》をわし掴む刻印が刻まれていた。

「ユズリア……ッ！」

俺の声かけにユズリアが弱々しく顔を傾ける。

「ロ……ア……？」

ユズリアを抱きかかえると、彼女は力なく握った細剣を滑り落とす。

「一体、何があったんだ!?」

「ご……ごめん……なさい……に……げて……？」

その瞳には恐怖の色が浮かんでいた。そして、ゆっくりと瞼が閉じられる。

「ユズリア!?　しっかりしろっ！」

ユズリアからの応答はない。気絶してしまったようだ。

近くで見ると、ユズリアの身体は傷だらけで凄惨《せいさん》な姿だった。破れた服越しに覗く肌は青黒く腫《は》れ、背中は大きく切れているのか、ユズリアを抱きかかえた俺の腕がぐっしょりと鮮血《せんけつ》で染まる。

ぞわっと感情が湧いた。視界の端が黒くぼやけて焦点が定まらなくなり、胸から頭にノイズが駆ける。

俺はユズリアの頬に付いた土をそっと拭う。

流されるな。落ち着け。自分に言い聞かせるようにひたすら心の中で反復する。

大きく息を吸い込み、ゆっくりと吐き出した。やや軽くなった胸の奥底に感情を押し込んで、強引に『固定』する。瞬間、嘘みたいに身体中を駆け巡るノイズが消え去った。まるで、頭から水を被ったように思考がすーっと流れる。

ユズリアの身体をそばの大木に預け、俺はゆっくりと立ち上がる。

謎の男は退屈そうに手元で謎の大きな骨をいじっていた。大きさからしてユズリアのものではなさそうだが、何かの武器だろうか。にやついた口角をそのままに、余裕の窺える瞳がこちらに向く。

「つまらん劇は終わったかね？」

さらりと流れる金色の髪が炎の色を反射していた。

「……お前がやったのか？」

「このローリック・ティンジャー様に向かってお前とは、頭《ず》が高いぞ平民？　それ以外に何がある」

「そうか……」

有無を言わさず、俺はローリックの靴と地面を『固定』。

ユズリアが敗れるほどの相手だ。先手必勝に限る。余計な感情がないおかげで、視野も広い。ここには、ローリック以外に隠れている人物はいなそうだ。

「終わりだ。ローリックと言ったな、お前はもう動けない。貴族だかなんだか知らないが、しかるべきところに連れて行く」

ローリックはなおも謎の骨を手元で弄びながら、自分の足元と俺を交互に見比べた。

「ほう……黒髪、黒目でこの魔法。さては〝釘づけ〟だな？　なるほど、名前しか聞いたことがなかったが、これは『固定』から来る異名だったたか」

「……どうして、俺の魔法を知っている」

俺はこいつに会ったことがない。他人からの又聞きで俺の異名や使う魔法の効果を知っていても、『固定』という魔法名は誰も知らないはずだ。巷では、よく分からない謎の魔法ということになっている。なぜ、この男は『固定』を知っているんだ？

「さてな、すぐに答え合わせができよう」

ローリックが瞬きした瞬間、俺は迷わずその瞼を『固定』した。

きな臭いやつだ。俺はなるべく、最短でローリックの動きを封じる。

「おいおい、平民は会話もできないのか？　これでは魔物と変わらんな」

ローリックの持つ大骨が、光を纏って教典《きょうてん》へと変形する。

教典と手を『固定』。おそらく、召喚系《しょうかんけい》魔法発動の武具だ。教典系の武具は対象のページを開かなければ発動はできない。教典と手を『固定』してしまえば、ページはめくれないはずだ。

つまり、ローリックは現在開かれているページに記述されているものしか召喚できない。

しかし、ローリックがにやりと嗤《わら》う。

「無駄だ。コイツさえ召喚できれば問題ない」

教典が黒紫色に光を放つ。ローリックの目の前に小さな魔法陣が展開され、そこから一人の男性が召喚された。

その姿を目にして、なぜか胸が騒いだ。

召喚された男は眼球をくり抜かれ、肌はどこか黒ずんでいる。黒い髪も相まって、随分と不気味な雰囲気だ。意識はないようで、召喚された状態からピクリとも動かない。

「おい、これを〝解除〟しろ」

ローリックの発言に微かな疑問が芽生える。

今、確かに〝解除〟と言った。『魔法除去《リリースマジック》』のことだろうか。

召喚された男性が動き出し、ゆっくりと腕を持ち上げる。

刹那、俺は自分の目を疑った。

『固定』が解かれ、目を開けるローリック。さらにはその場で足を軽く上げて見せる。しかし、俺は『固定』が解かれたことよりも、その召喚された男性から目が離せないでいた。

召喚された男の、持ち上げた手で二本指を立てて横に切る動き。その瞬間、ローリックにかけた『固定』が効力を失った。

なぜだ……？　どうして、この男が使えるんだ……？

もう一度、ローリックの瞼を『固定』。

「やれやれ、しつこい平民だな。おい、使え」

やっぱり、二本指を横に流す動作。間違いない。何度もこの目で見た動き。

これはサナの使う『解除』だ。

「ベイク、『固定』しろ」

ローリックが煩《わずら》わしそうに目を開ける。

その名前に反応して俺の胸の鼓動が加速する。俺は、呆然と立ち尽くすことしかできなかった。

「ベイクって、そんな……まさか……」

ローリックがにやりと口角を上げる。

しかし、〝ベイク〟と呼ばれた男性は一向に動かない。

「何してるんだ。早く、あいつに『固定』をかけろ」

それでもやはり、ベイクは微動だにしない。

じっと、見つめられているような気がした。ベイクの空洞になったその双眸が、確かに俺を捉えている。

「なんだ？　死んでいるくせに実の子には手をかけられないって言うのか？　使えんうすのろめ」

ローリックがベイクを足蹴にする。しかし、それでもベイクは動かずに俺を見つめ続けていた。

「その男性、もしかして……」

狼狽《ろうばい》する俺を見て、ローリックが俺のその反応を予期していたかのように高嗤《たかわら》う。

「そうだ。コイツは貴様の父親だった物だ」

あまりの衝撃に俺の視界が揺れた。胃の底から込み上げる異物をぐっと呑み込む。

「僕の魔法は『死物操術魔法《ネクロマンス》』と言ってね。死体を操ることができるんだ。コイツは便利だが、如何《いかん》せん地味でな。普段はあまり使わないんだが、今回に限っては素晴らしい劇じゃないか！」

大手を広げて恍惚とした表情のローリック。

今さら父親の姿を見て、こんなにも動揺が湧き出るなんて、自分でも驚きだ。

目の前の男性は俺の父親。ただ、顔すら忘れていた存在だ。俺の中に残っているのは、家族を見捨てたことと、多額の借金で俺とサナの安寧を崩した最低のくそ野郎だということ。それだけだと思っていたのに。

俺はローリックがベイクを足蹴にしたのを見て、じわりと浮かんだ怒りに戸惑った。

「それにしても、やはり魔法というのは遺伝性質が強いんだな。良い勉強になった。ありがとう平民よ」

「どうして……お前がその遺体を所有しているんだ……？」

ケタケタと嗤《わら》うローリックは自慢げに話し始める。

「どうしてって、僕がコイツを犯罪者に仕立て上げて、死ぬまで追い込んだからさ！」

「……なんだって？」

「おいおい、どうしてそんなに怒っているんだい？　どうせ、お前はコイツのことが憎いんだろう？　当然だよな、長い間母親と生まれてきた子供を置き去りにして、あまつさえ借金まで残して死んだんだからな。まっ、そう仕向けたのも僕なんだけどね、ハハッ！」

「……」

「聞きたいかい？　よし、聞かせてあげよう。今、僕は気分がとてもいいんだ。生意気な小娘を嬲って、さらにこんな素敵な物語を観れているんだからね」

どろりと俺の胸の奥でまた新しい感情が芽生える。

それから、ローリックは楽し気に続けた。

「僕はどうしてもコイツの魔法が欲しくてね。でも、あまりに強力で太刀打ちできたもんじゃない。だから、僕はコイツに英雄殺しを命じた。今こうしている間にも、僕の奴隷がお前の家族を見張っている。やらないとお前の家族は皆殺しだ、と言ってね。あの時のコイツの表情は最っ高だったなぁ」

……あぁ、そうだったのか。

「それにしても素晴らしい魔法だ。あの魔族討伐に携わった英雄の一人を一方的に殺してしまうんだから。その後も色々と汚いことをさせて、こいつを追い込み続けた。お前たちを人質にしてね。生活もままならなくなって、各所で借金をつくっていたらしいが、しかし、父親ってのは強いよねぇ。文句の一つも言わずになんでもやるんだから」

やめてくれ。それ以上、聞かせないでくれ……。

「しかも、その間も冒険者としての依頼をこなしてさ。自分の借金なんて気にもしないで、報酬を全部家族に送るってギルドに言ってたらしいじゃないか。もちろん、そんなことを僕は許さない。ギルド長に声をかけたら、すぐに僕の下へ横流ししてくれたよ。いいお小遣いになったものさ」

…………………

「でも、コイツに頼みたいこともなくなっちゃってね。だから、最後に命じたんだ。家族を殺されたくなかったら、街の中心で自害しろってね。あれは僕が今まで観た中で一番の劇だったよ。美しかったなぁ……仲の良かった街の連中にも、命がけで守った家族からも嫌われて、その生涯を終える様はそう何度も観られるものじゃないよ」

「……もういい」

もう、限界だ。

俺はローリックの靴と地面を『固定』。

「なんだよ、鬱陶しいと言ってるだろ？　ほら、『解除』しろ」

ベイクが二本指を横にスライドする。

「なんで『解除』はするくせに、『固定』はしないんだよ。ったく、使えないなぁ！」

ローリックが教典をめくる。開かれたページから光が溢れ、黒紫色にぶわっと辺りを照らすと、新たにドワーフ族の男性と人狼族の女性が一人ずつ召喚された。

「これも僕のコレクションの一部でね。もちろん、S級冒険者だよ。さて、S級冒険者を三人同時に相手できるかな？」

俺は先ほどと同様に召喚された二人に向けて『固定』を発動。しかし、やはりベイクがすぐさま『解除』してしまう。

「殺せっ！」

ローリックが手をかざした瞬間、ドワーフ族と人狼族が動き始めた。

人狼族の女性が一瞬で距離を詰めてくる。鋭い眼光がまっすぐに俺を捉え、まるで刃物のような鋭利なかぎ爪が俺の左腕を襲う。反対側からはドワーフ族の大振りな戦鎚《せんつい》が首元に迫っていた。

「ぎゃはっはっは！　お前を殺したら、次はあの女だ！　じっくりと嬲り殺してやるッ！」

刹那、ギリギリでとどまっていた意識が、ぷつりと切れ落ちる。

あぁ……最悪の気分だ。

吐き気が止まらない。耳鳴りが他の音を遮断するくらい酷《ひど》く増幅する。これほどまでにクソみたいな気分は人生で初めてだ。

俺はゆっくりと右手を自分の胸へ。

重く、息を吐いた。スローモーションになる視界をゆっくりと閉ざす。そして、俺は今まで自分の暗い感情にかけ続けた全ての『固定』を解いた。

積もった塵芥が崩れる音がする。

一瞬の静寂《せいじゃく》が脳内を巡り、次の瞬間、今まで『固定』され続けていた感情が泡のように膨らんだ。

気持ち悪い……頭が割れそうだ。全部、なかったことにして、この感情を消してしまいたい。

この苦しみは街で足に矢を射られた時のもの。

この悲しみは俺の名前を聞いて、一目散に逃げ出した親子の顔を見た時のもの。

この憎悪《ぞうお》は冒険者に俺の母親のことまで馬鹿にされた時のもの。

この激情は今まで父親のことを誤解していた自分へのもの。

この殺意は——気にくわない全てのものへ。

押し固めていたものが、渦を巻いて心を埋め尽くす。

熱いほどぐちゃぐちゃな感情が全身を駆け巡り、それとは裏腹《うらはら》に冷徹《れいてつ》な思いが血管を流れて全身に行き渡る。

裏切りや苦しみに苛《さいな》まれ、結果として生まれた気持ちの消化から目を背けて感情を『固定』し続けた末路だ。

全ての感情が変貌《へんぼう》し、殺意へと収束していく。

一縷《いちる》の隙すらなく、俺の全身を冷たい衝動《しょうどう》が支配した時、俺はもう一つの魔法を発動した。

かぎ爪が、戦鎚が、ゆっくりと肌を貫かんとしている。

止まりそうな時の中で、俺は静かに呟いた。

「——『消滅《アドバン》』」

◇　◇　◇

「さあ、起きてください、ユズリアさん。寝ている場合じゃありませんよ」

──私を呼ぶのは、誰？

身体中が温かい何かに包まれているみたいだった。

ジンジンと痛む骨が、感覚を失った背中が、心地よい癒しを施されている。これまで幾度となく受けたから分かる。これは治癒魔法だ。

セイ、ラ……？

意識がふわふわと宙を漂《ただよ》い、やがて、ゆっくりと覚醒する。

一体、何が起きたのだろう。

ぼやける視界に最初に映ったのは、霧状になって風に流される黒い粉だった。

私は震える腕を必死に持ち上げる。ローリックから受けたはずの傷がなくなっていた。斬撃《ざんげき》を食らった背中も多分治っている。

立ち上がろうとして、ぐわんと世界が歪んだ。全身が冷たい。血を流しすぎたせいだ。

失った血液は治癒魔法では元に戻らない。だから、身体中の傷はすっかりなくなったというのに、がんがんと頭が痛む。

誰かが治療してくれたのだろうか。いや、そうとしか考えられない。でも、そばには誰もいない。

視界に映るのはローリックと——

「だ、誰……？」

口に出してすぐに、背を向けて立っているその男性がロアだと気が付く。

そうだ、ロアが助けに来てくれたんだ。どうして、忘れていたのだろう。どうして、分からなかったのだろう。

だって、私の目に映る彼はいつもと雰囲気が違っていて、まるで別人みたいだから……

ロアの周囲を黒い霧が舞う。そのせいで表情がよく見えない。

ローリックが奇声を発し、教典が輝いた。

その瞬間、私の心臓が悲鳴を上げる。

ローリックと戦っちゃ駄目なんだ。

ロアなら、もしかしたら奴を打ち負かしてくれるかもしれないと思っていた。

でも、ローリックはとんでもない人間を所有していた。その人物の魔法を見た瞬間、私は察してしまった。ロアでは奴を倒せない。だって、それはロアの肉親で、彼の『固定』とサナちゃんの『解除』を使いこなす。『固定』しか使えないロアにはどうあがいても太刀打ちはできない。

既にローリックの横にはロアの父親が召喚されていた。

ロアは今、どんな気持ちでそこにいるのだろう。

全部、私のせいなんだ。街でローリックに見つかったことも。逃げるつもりが振り切れずにここまで連れてきてしまったことも。ロアとローリックを会わせてしまったことも。全て弱い私の罪だ。

「に……げて……」

駄目だ。声が届かない。

ローリックの前に数多の魔物が召喚される。どれもS級指定の魔物だ。それが、視界を埋め尽くさんほどの波となってロアに襲いかかる。

私は必死に身体を持ち上げるも、膝がガクッと地面を打つ。

どうして思うように動かないんだ。ロアの加勢に行かないといけないのに。あんな数の相手、『固定』じゃ捌《さば》ききれない。

夜風が強く吹き、ロアを包み込む黒い霧が晴れる。その瞬間、私は吃驚した。そして、同時にたまらなく恐ろしくなった。

いつもゆるゆるな口元が、いつも優しいその瞳が、真っ黒な殺意に塗れていた。

焦点の定まっていない虚ろな目で、ロアは魔物を見据える。そして、ゆっくりと手を伸ばして、口元を微かに動かす。

「――」

なんて言ったのだろう。二本指を縦に切る動作をしていないし、口の動きは確かに『固定』ではなかった。

一体、なんの魔法なんだろうか。そう思ったのも束《つか》の間《ま》、ロアを中心に白黒の波動が辺りに広がる。その波に私の身体が包まれた刹那、世界が静寂に支配された。

音というものがなくなったのか、それとも私の耳が聞こえなくなったのか。

足が動かない。どうして、こんなにもロアを怖いと思ってしまうのだろう。息が詰まるほどの悪感情がロアから流れ込んでくるみたいだった。

自然と身体が震え、息が詰まる。

そして、白黒の世界が色彩を取り戻す。瞬間、ロアに飛びかかっていた魔物の鼻先がぶわっと崩れて真っ黒な霧となる。霧は瞬く間に連なって、全ての魔物が粉塵《ふんじん》と化した。ほんの一瞬の出来事。

何十と迫っていた魔物の群れが、もうそこに一匹たりとも存在していない。

粉塵となって風に流されていくその黒いベールが、ロアの心の内を表しているように感じた。

今にも壊れてしまいそうなロアを見て、なぜか私は涙が止まらなかった。

◇　◇　◇

「くそっ……！　なんなんだよ！　お前は一体……!?」

ローリックが俺――ロアを睨みつけ、額に脂汗《あぶらあせ》を光らせて狼狽《うろた》える。自慢げに整えていた髪をかき毟《むし》り、教典を乱暴にめくる。

うるさいなぁ……

俺はローリックの方に向かってゆっくりと歩き出した。揺れる視界にローリックを捉えて、ただ前に足を進める。

あぁ、やっぱりこの魔法は最悪だ。

俺が俺でなくなっていく――いや、これも正真正銘《しょうしんしょうめい》、俺という存在か。

「お、おい！　早く『固定』しろ！　それか、『解除』だ！　なんでもいいから動け！」

ローリックがベイクの背中をバシッと叩く。たったそれだけのことで、凍えるような殺意がより深まる。

これ以上、俺をどうにかしないでくれ。余計に殺したくなるじゃないか。

自分の口角が歪《いびつ》に吊り上がるのが分かった。きっと、今の俺は酷く醜《みにく》い顔をしているのだろう。

ベイクはピクリとも動かない。その窪み堕ちた瞳で俺をじっと見つめている。意識も、感情も、ローリックに奪われてしまったはずなのに、父親であるベイクは俺を見て嘆き悲しんでいるように見えた。

ごめん……

俺はただ、心の中で謝る。でも、もう止まれそうにない。

麻痺したように痺《しび》れる口が、うるさいほど高鳴る心臓が、怖いほど冷たい胸中が、目の前のコイツを殺せと叫んでいる。

どうしようもなく、身体が疼《うず》く。興奮で本当に狂ってしまいそうだ。

「ひぃっ……！　くっ、来るなぁあああ……っ！」

無様《ぶざま》な悲鳴を上げながら尻餅をつくローリック。地面に落ちた教典がぶわっと光り輝いた。

すると、俺の目の前に何かが召喚される。もう、視界がほとんどぼやけていてよく分からない。人なのか、魔物なのか、一人なのか、数匹なのか。

ま、なんでもいっか。

「──『消滅《アドバン》』」

自分の声がものすごく愉快《ゆかい》に聞こえた。これじゃ、ローリックと一緒じゃないか。

一体、なんのためにこんなことをしているんだっけ？

ローリックを殺したいから？　ちょっと違う。

父親の仇《かたき》を取りたいから？　うーん、それは少しだけ。

……あれ？　俺って何がしたいんだ？　誰のために、こんなに自分らしくないことをしているのだろう。

でも、どうせ感情は解放してしまっているんだ。全部終わるまで『消滅《アドバン》』を解く気はないし、そもそもこれだけ膨れ上がった感情は、コイツを殺さない限り消化できそうもない。自分の意識ではもう『消滅《アドバン》』を解くことはできないんだ。

尻尾を巻いて後ろ向きに逃げ出したローリックの足が、ビタッと棒のように固まった。声が出ないのか、彼は口をぱくぱくと動かす。

見れば、ベイクが右手を振り下ろしていた。

「……父さん」

この人は俺がローリックを手にかけることを望んでいるんだろうか……分からない。だって、俺はこの人のことを全然知らない。どんな性格なのか、俺やサナ、母さんのことをどう思っていたのか、どんな気持ちでローリックの仕打ちに耐え続けていたのか、全部もう知りようがない。

でも、この人が命を懸《か》けて俺たち家族を守ってくれた。そのことだけは揺るがない事実だ。だからこそ、ここで終わらせなければいけないんじゃないのか？　誰かがまたローリックの犠牲《ぎせい》になる前に。

ローリックの顔をわし掴みにする。ガタガタと震える振動が伝わってきた。

「や……やめてくれぇ……ぼ、僕が悪かった……！　し、死にたくない……っ！」

それは無理だろ。ここまでしておいて、今さら都合が良すぎる話だ。

一瞬だ。俺がこのまま『消滅《アドバン》』を発動すれば、その瞬間全てが終わる。頭が割れそうなほど、脳裏で鐘が響いている。身体がすごく重たい。気を抜けば、嗚咽《おえつ》が込み上げてくる。

白黒の世界が広がる。光も影も境界線がなくなり、空は一面の黒に支配され、星だけが白く存在を示す。鐘の音も、炎のはじける音も、うるさい心臓の鼓動も、何もかもが消え去った。

この世界には生命の息吹《いぶき》が感じられず、ただ白と黒の混ざり合った無機質な時間だけが流れる。

もう、終わらせよう。

俺は右手に魔力を込めた。

――トンッ。

突然、背後から衝撃が走った。

「……？」

誰かに強く抱きしめられる。音のしない心臓が強く跳ねた。その抱擁《ほうよう》は腰に回る細い腕からは想像もできないほど、あまりにも力強かった。

「――駄目だよ、ロア。戻ってきて……」

静寂を突き破るその声が聞こえた瞬間、世界が急速に動き出し、色彩と喧騒《けんそう》を取り戻していく。

目の前の世界の何もかもが、元通りになった。

俺は動けなかった。ただ、ぎゅっと抱きしめられた温かさと、彼女のすすり泣く声だけをずっと感じていた。


後日、ユズリアから今までの見合い話とローリックのことを洗いざらい聞いた。

「なるほどなぁ。そんな事情があったのか」

「本当にごめんなさい……」

俺の目の前でしょんぼりとうつむくユズリア。もう何度謝罪の言葉を受けたのか数えるのも億劫《おっくう》なくらいだ。

「だから気にするなって言ってるだろ？　大体、あれは俺が勝手に暴走しただけだから、ユズリアは何も悪くないんだよ」

「……でもロア、苦しそうだった」

ため息が漏れる。全く、ユズリアは何も分かっていない。

「俺はユズリアに感謝しているんだ」

「えっ……？」

ようやく顔を上げたと思ったら、目が合った瞬間そらされてしまう……嫌われたか。まあ、仕方のない話だ。あんな姿を見られたのだから。少しは打ち解けることができたと思ったけど、所詮《しょせん》俺は嫌われる運命にあるのだ。

「父親のことを知れて良かったよ。ずっと誤解してた。それが間違いだって分かったんだ。だから、俺はユズリアにありがとうって言いたいよ」

今でも父親のことは自分の中で整理しきれていない。しかし、少なからず前のような印象ではなくなった。今度、墓でもつくるとしよう。せめてそれくらいはしないとな。なんせ、家族なんだから。

さっきからチラッ、チラッと俺を盗み見るユズリア。目すらそんなに合わせたくないって言うのか……あかん、泣ける。

「と、とにかく、ローリックには逃げられたけど、もう手出しはしてこないだろ。だから、ユズリアは無理して俺と結婚する必要もなくなったわけだ」

あの後、俺はユズリアに止められて正気を取り戻したのも束の間、すぐに意識を失った。ユズリアも立っているのがやっとだったらしく、結局ローリックには逃げられてしまった。できることなら、罪を認めさせ、償《つぐな》わせたかった。

正直、悔しい。これじゃあ、誰も報《むく》われないじゃないか。

「そ、それは……」

もごもごと口を動かすユズリア。そんなに言いづらいことなのだろうか。俺を傷付けまいとするその優しさだけで十分だ。もう結構傷だらけだけどね。

「その通り。だから、これからお兄は私と毎日一緒に寝る」

俺の肩にぽんとサナの手が乗る。

「いつの間に入ってきたんだよ……」

「外で全部聞いてた。それよりお兄、アレ使ったの……？」

ベキッ！　と聞こえてはいけない音が肩から鳴った。

「痛ててっ！　おい、折れるだろ！」

「折れたら、セイラが治す。それか泉に放り込めば大丈夫。だから、安心して」

「できるか！　壊す前提で話すんじゃねぇ！　ちょっ、痛ッ！　あっ、いや、すいません……二度と使いません……」

おい、肩が駄目なくらい凹《へこ》んでるって！　これ、治癒魔法で元に戻るのか⁉

「そう！」

急に前のめりで声を上げたユズリアに、俺はたじろいだ。

「な、何……？」

さっきまでよそよそしかったのに、じっと真剣な眼差《まなざ》しで俺を見つめてくるユズリア。あれ、どうして胸が熱いんだろう？　なぜか恥ずかしくなり、今度は俺がユズリアから目をそらしてしまう。

「あの魔法、もう二度と使わないで」

ユズリアはそう言いながら悲しそうな、それでいて怒っているような、なんとも読みにくい表情をしている。

「……そうだよな。分かった、もう使わないよ。サナも、心配かけたな」

サナはふんっと鼻を鳴らす。

「心配はしてない。お兄がぶっ壊れたら、誰が私の世話をするの？」

「そう思うなら、もう少し普段から優しくしてくれよ……」

「それは無理。躾《しつけ》は大事だから」

そう言い残してサナは部屋を出て行った。

あいつ、俺のことを犬か何かと勘違いしていないか？

ユズリアが俺の手を強く握る。少しだけ、震えていた。悲し気な表情の彼女を見て、罪悪感《ざいあくかん》が浮かぶ。

「本当にロアがロアじゃなくなっちゃうかと思ったの……怖くて、そんなの嫌だって思ったら、涙が出てきて……とにかく、あんな魔法は二度と使っちゃ駄目」

じわっとユズリアの瞳が潤《うる》んだ。

そうだ、泣かせてしまったんだ。また、母親の言いつけを守れなかった。

あんな魔法に頼るしかない俺はまだまだ弱いんだ。せめて、近くの大切な存在くらい、ちゃんと守れるようにならないと。

「俺、もっと強くなるよ。ユズリアも、もちろんここの皆も全員守れるくらい」

俺のその宣言を聞いて、ユズリアはようやく相好《そうごう》を崩《くず》した。

「私もロアが二度とあの魔法を使わなくていいくらい、強くなる。もっと、ロアにすごいって思ってもらえるように頑張る！」

本当、ユズリアは何も分かっていない。

「ユズリアはもう十分すごいよ」

「どうして？　私、今回何もできてないよ？」

俺は噛み締めるように首を横に振る。

「俺があの状態から戻ってこられたのは、ユズリアのおかげだ。あの声が、温もりが、俺をあの世界から引きずり出してくれたんだ。こんなこと、今まで一度もなかった。だから、ユズリアはすごいんだよ」

眼前の少女の頬が桜色に染まる。潤んだ瞳が細くなり、ツーっと一筋の涙が零れ落ちた。嫣然とほほ笑むその表情に、思わず胸が強く波打つ。あぁ……今まで意図して抑えていたけれど、これは無理かもしれないな……俺はきっとユズリアのことを――


「ねっ、ロア、目閉じて」

「どうして？」

「いいから！」

俺は言われた通りに目を閉じた。視界が黒く染まる。嫌いだった暗闇と沈黙が、今は少しだけ心地よく感じた。

不意に頬に柔らかな感触が伝った。すぐそばで聞こえる吐息《といき》と体温が混ざり合う。

俺が目を開けるのと、頬から感触が離れるのはほぼ同時だった。顔を真っ赤にしたユズリアが、照れ隠しのようにえへへっと笑う。

「私、これからは本気で落としに行くから。覚悟しといてよね！」

そんな堂々たる宣言を受けてしまった。

「そこにいるサナちゃんも、覚悟しといてね！　あなたのお兄さん、私がもらうから！」

ユズリアが呼びかけるとドアが開き、サナがその向こうに立っていた。

まだ聞き耳立ててたのかよ……

「残念ながら、ユズリアには無理」

「そう言っていられるのも今のうちよ！」

「一番の敵はドドリー。あれは危険」

「おい、待て！　どうしてドドリーの名前が出てくるんだ⁉」

思わず口を衝く。

ユズリアも「確かに……強敵ね」なんて言いながらうなずいている。

共通認識になっているのおかしいだろ。そんなことを思いながら、俺はため息を吐く。

なんにせよ、再びやかましい日常が戻ってきた。大きく伸びをして、深呼吸をする。

胸の内を漂う感情に、もう『固定』は必要なかった。

◇◇◇

一体、どれくらい走り続けただろうか。今、自分がどこに向かっているのかも分からない。とにかく遠くへ。それだけしか考えられなかった。

なんで、こんな目にあっているんだ。僕はあのローリック・ティンジャーだぞ？　たかが平民から逃げるなんて、おかしいじゃないか！

空がぼんやりと白み出して、ようやく辺りに黒以外が射《さ》し込《こ》む。

「はぁ……はぁ……くそっ！」

膝に手をついて下を向くと、自慢の髪から汗が滴った。

べったりと顔にへばりつく殺意の影を必死に拭う。まだ、鮮明《せんめい》に刻まれているそれは、どれだけこすっても消えてくれなかった。

痛いほど冷たい奴の眼差しを思い返して、奥歯が鳴る。

「僕にこんなことをして許されると思うなよ……！　絶対に殺してやる……ッ！」

忌々《いまいま》しいベイクの息子、それにあのフォーストン家の小娘もだ。ボロ雑巾《ぞうきん》になるまで使って、僕の手で殺してやる！

「やれやれ、そんな遠くに行くでない若者よ」

「ひぃっ……⁉」

どこからか声がした。しかし、気配は掴めない。なぜだ……？　この僕が？

「リュグ爺様、適度な運動は長寿《ちょうじゅ》の秘訣《ひけつ》だとおっしゃっていたではありませんか」

「あんなもん、言葉《ことば》の綾《あや》じゃ。おー痛たた……腰に来るのぉ」

振り返ると、暗闇の中から女と老人がひょこっと姿を現す。

「だ、誰だ、お前たちは⁉」

こんなところをたまたまうろついていたなんてありえない。十中八九、追手だ。

女は神官っぽいな……老人はなんだ？　武器も持たずにこんなところで何をしている？

しかし、これが追手ならば容易そうだ。この二人からは強者特有のオーラを感じない。僕が先ほど負けたのはあの親子がイレギュラーだっただけ。僕の魔法なら、どんな奴にも負けることはありえない。

ちょうど死ぬほどむしゃくしゃしていたところだ。こいつらで憂《う》さ晴《ば》らしでもするか。女の方は少々遊べそうだしな。

神官の女は怪訝そうに眉根を寄せる。

「リュグ爺様、あの人から汚らわしい気配を感じます」

「うむ、罪な娘じゃ。お主の容姿は男にとって目に毒。懺悔するがいい」

「あらあら、お仕置きをしなければいけない人が一人増えましたね」

「じょ、冗談じゃ。お主は本当にやりかねないから怖いのぉ」

なんだ……？　こいつら、全然僕を見ないじゃないか！　どいつもこいつも馬鹿にしやがって……！

「お前たち！　覚悟しろよ、僕は今機嫌が悪いんだ！」

僕は教典をめくる。さっきベイクの息子に消された奴らのページが白紙になっていた。くそっ、ベイクもいなくなってやがる。

僕はＳ級冒険者を二体召喚する。こいつらが誰だったか忘れたが、腐ってもＳ級冒険者だ。神官の女と死にぞこないの老人なんざ、これで十分だろう。

「おら、行け！　老人は殺していいぞ。女は顔を傷付けないように嬲れ！」

召喚された魔法帽子をかぶった男はその場で炎属性の魔法を詠唱、もう一体の男は目にも止まらぬ速度で手にした小刀を老人に向けて振り下ろす。

老人が構えようとしたところを、神官の女が手で制した。

「リュグ爺様のお手を煩わせるほどじゃありません」

そう言って、神官の女が物理障壁で小刀を防いだ。

僕は特大の火炎球《かえんきゅう》を放った魔法使いに命令する。

「チッ……おい、『魔法除去《リリースマジック》』だ。早くしろ！」

「ふふっ……久しぶりに少しだけ楽しめそうですね」

女の顔がにやりと不気味な笑みをつくる。そして、射出された火炎球を、淡い光を纏った錫杖で軽々とかき消す。

ほぼ同時に『魔法除去《リリースマジック》』が発動して物理障壁が解除された。瞬間、肉薄していた男の小刀が女の右肩に突き刺さる。

ふっ、びびらせやがって。やはり、ただの神官。時間稼ぎくらいしかできまい。

「よし！　そのまま痛めつけろ！」

小刀が高速で女の身体を縦横無尽《じゅうおうむじん》に切り刻んだ。

「ははっ！　どうだ！　Ｓ級冒険者二体が相手では手も足も出まい！」

爆炎が女を包み込む。

煙の向こうでもがき苦しんでいるんだろうな。よしよし、少しだけ気分が良くなってきたぞ。

しかし、聞こえてくる老人と女の声は、まるで場違いなものだった。

「娘や、儂は朝食までには戻りたいぞ？　今日は孫がつくってくれるそうじゃ」

「あらあら、サナさんはいつからリュグ爺様のお孫さんになられたのですか？」

炎が薄れ、景色が晴れる。そこには無傷の女が抵抗もなく、未だに小刀で切り刻まれていた。女の全身が淡い黄緑色の光に包まれ、刀で切られた箇所が、血を流すこともなく即座《そくざ》にふさがっていく。

「な、なんだ⁉　どうなっているんだ⁉」

女が忘れていたとでも言いたげに僕と目を合わせた。そして、まるで蛇のように妖艶に舌で唇を舐める。

僕の身体がひとりでに震えだす。何か、悍ましいものを目の前にしているような気分だ。

「リュグ爺様も退屈そうですし、さっさと終わらせましょうか」

そう言って、女が目の前の小刀を持った男を目掛けて錫杖を一振り。次の瞬間には、すぐ横の大《だい》樹《じゅ》の幹に男の頭部だけがめり込んでいた。

「くそっ、妙な神官め！」

僕は手あたり次第、経典に載っている冒険者や魔物を召喚した。こうなったら出し惜しみはしない。とにかく、物量で叩き潰してやる。

僕の目の前を魔物の群れ、そしてえりすぐりの冒険者が埋め尽くす。

「もういいっ！　さっさと殺してしまえ！」

魔物と冒険者の大群が雪崩のように女を覆い隠した。ぐちゃっという音が微かに聞こえる。

「ははっ、あっけなく潰されやがって！　僕に逆らうからこうなるんだ！」

ぐちゃっ。ぐちゃっ。と立て続けに響く。

「――きゃは……ッ！」

……なんだ？　なぜ、女の声が聞こえる？

刹那、血しぶきが飛び散った。その間も何かが潰れる音が絶え間なく辺りに響く。

目の前の山がどんどんと小さくなっていき、それに反比例するように周囲が鮮血で染まっていく。

「きゃはっはっはっはッ！」

身の毛がよだつ叫び声と共に、血をかぶった神官の女が屍《しかばね》の山の中から姿を現した。愉《ゆ》悦《えつ》に歪んだ表情で、まっすぐに僕を視界に捉えている。

僕は身体に力が入らず、膝から地面に崩れ落ちた。

「全く、こんな様《ざま》を若い者には見せられんのぉ。じゃが、これも大人の仕事じゃ」

老人の呟きが僕の頭の中で反響した。

ポタッと頬に生温い何かが滴る。見れば、眼前で純白の神官服を真っ赤に染めた神官《あくま》が錫杖を振り上げていた。先ほどとは打って変わって、まるで慈愛に満ちたような優しい微笑み。

「な、なんなんだよぉ……一体、なんなんだよぉおおッ！　お前たちはぁああッ！」

僕が最後に見た光景は、その温かな瞳の奥底に光る狂気《きょうき》の笑みだった。

第五章　スローライフをさせてくれ！

ローリックとの一件から、数日後。

俺──ロアはもやっと湯気を揺らめかせる泉に足を浸け、そのままバタリと倒れて背を柔草《にこぐさ》に預ける。今日の空は雲一つなく、春の穏やかな気候も相まって、瞼がつい重たくなる。

「お兄、今寝たら夜寝れなくなる」

そう言うサナも隣で欠伸を噛み殺していた。無論、無表情ではあるが兄にはその微妙な表情の違いが分かるのだ。

「この全てを終わらせたみたいなロア殿の表情、まるで御伽噺の最後のようでありまするな」

「何を言うか、コノハ。幕引きどころか、今ちょうど幕が上がり始めたところだ」

寝ころんだまま力説する俺に、コノハは若干呆れ気味だ。

はぁーやれやれ、ようやくゆっくりできる。

昔からの胸のつかえも取れたし、馬鹿みたいな表現だが、胸の中も綺麗さっぱりだ。

今考えることがあるとすれば、俺は切り札の魔法を使用しないと宣言してしまったことだけ。しかし、『消滅《アドバン》』は最終手段として手札に入っていたものの、言ってしまえば呪いみたいなものだ。使わないと宣言して良かったというほかない。

文字通り、『消滅《アドバン》』は消滅したのだ。まあ、俺が勝手に使わないと決めただけなんだけど。

なんにせよ、全てが心機一転《しんきいってん》。これはもうスローライフが始まる以外、あり得ない展開。ここから、始まりそうで始まらなかった俺の隠遁生活《いんとんせいかつ》が幕を開けるのだ。いわば、これは俺の人生の第二幕の始まり。今までは前日譚《ぜんじつたん》に過ぎない。

ここからが、本当のセカンドライフ！　俺はまだ、本気を出していないッ！　対戦、よろしくお願いしますッ！

……と、いつも問題が解決する度《たび》に思っているわけで、その都度《つど》、俺の期待をきっぱり裏切る出来事が起こる。

だから、今回はこんなだらしない姿ではあるが、決して油断はしていない。煩悩《ぼんのう》を捨て、謎の力を持つ泉に力をもらいながら、陽光神《ローシャス》様にお祈りしているのだ。

ほんっっっとうにお願いします！　俺に落ち着いた生活をさせてください！

繰り返すようだが、ここは魔素の森の奥深く。Ｓ級冒険者相当の手練《てだ》れでなければ辿り着けない未開の地。そこに頻繁《ひんぱん》に人が訪れることも、その人物が問題を引き連れていることも、限りなく低い確率のはず。どんな偶然が起きれば、六人のＳ級冒険者＋帝立魔法専門院の首席が一堂《いちどう》に会《かい》するというのだ。

大体、Ｓ級冒険者はこの広い世界でせいぜい百人程度しか存在しないと言われている。これ以上この地に集まろうものなら、本当に国家《こっか》侵略《しんりゃく》できるレベルの集団になってしまうじゃないか。

さて、惰眠を貪るだけがスローライフじゃない。畑の様子でも見に行くか。そろそろ果樹《かじゅ》なんかを植えてもよさそうだ。

ドワーフがいれば酒造りもできそうだが、エルフは秘伝《ひでん》の酒造《しゅぞう》技術とかを知らないものだろうか。

今度ドドリーに聞いてみよう。あの筋肉ダルマはアルコールよりも蛋白質《たんぱくしつ》の方が詳しそうだけど。

少し見ない間に畑はコノハとサナ、ドドリーによって範囲がかなり広がっていた。植えてある作物も種類を増やしているらしい。

どうやら、人が増えたから収穫量《しゅうかくりょう》も増やさないとならないとか。とはいえ、現状備蓄《びちく》ができる程度には余裕がある。泉に浸けてつくった聖の魔石が持つ謎の力のおかげでやたらと成長も早いし、手入れも楽。いっそのこと大農園にして、魔素の森産浄化性能持ち無添加野菜《むてんかやさい》（美少女とエルフがつくりました）と銘打《めいう》ってブランド化してみたらどうだろう。

どちらにせよ、出荷するのに商人が必要なわけだが、ふらっと現れてほしいような、ほしくないような……

諸々《もろもろ》加味《かみ》しても多分、商人との交渉《こうしょう》って俺の役目じゃん？　そうなると俺の仕事が増える。つまり、自由が減るわけだ。

まあ、次にこの地に訪れる偏屈者《へんくつもの》がいるとするならば、百歩譲って商人であることを祈っておこう。

そこまで考え、俺はあることを思い出した。

「いや、待てよ。足りないな……」

俺の呟きに、コノハが反応した。

「何がでありまする？」

「足りないんだよ、商人以外のあと一つのピースが。それさえあれば理想の環境なのに」

そうだ。忘れてはならないことがあった。どうして今まで気が付かなかったんだろう。頭の中で聖域の住人を一人ずつ思い浮かべる。やはり、誰も当てはまらない。うっかりしていた。スローライフに欠かせないものがまだあるじゃないか。是非、耳をかっぽじってでも聞いてほしい。

——俺は年上派だ。

無邪気《むじゃき》に尋ねるコノハに力説《りきせつ》しようと口を開き、すんでのところで思いとどまった。

すぐ横にいるのだ。そう、奴が。

「お兄、何が足りない？」

ほら、悪魔のささやきが聞こえるだろう？

「いや、なんでもないぞ、サナ」

「……さては、やましいこと考えてる」

なぜ分かるんだ、我が妹よ。

いや、でもよく考えたら何もやましいことではない。まだそこまで妄想《もうそう》などしていないではないか。決して、お姉さんの胸の中で朝目覚めたいとか、膝枕してもらいながら昼寝したいとか、そんなことは考えていない……本当だよ？

「お兄、怒らないから早く言う」

「いや、絶対に殴ってくるじゃん……」

「じゃあ、殴らない。約束」

「……言わない」

「言わなきゃ、殴る」

とんでもない理不尽だ。

「……年上の美人で性格のいいお姉さんがまだいないな、と」

刹那、俺の左足を鋭い痛みが駆け抜ける。足の感覚がなくなって身体が倒れ行く中、サナによって首根っこを掴まれる。その華奢な腕のどこに、成人男性を片手で支えるだけの力があるというのだ。

「約束と違うだろ！」

「殴ってない。蹴っただけ」

……誰か早くこの世界一可愛い妹を嫁にもらってはくれないだろうか。今ならなんと、六人ものS級冒険者と知り合いになれる特典付きだよ？

「しかし、ロア殿よりも年上で美人となれば、セイラ殿では駄目なのでありまするか？」

職人のような手つきで丸々と実った作物を収穫しながら、コノハが当然の疑問を口にする。

「セイラは人妻《ひとづま》だろ。それに……」

確かに見目《みめ》は素晴らしい。なんたって、貴族のユズリアや俺の自慢の妹と張るほどだ。しかし、あの人だけは駄目だ。

破岩蛇《ヴェベリット》戦での光景が脳裏をよぎる。

あのバーサーカーっぷりを見てしまうと、全てが台なしだ。セイラは同じようなぶっ飛び具合のドドリーがやはりお似合いというもの。俺が求めるのはあくまでも、美人で、かつ性格もいい年上のお姉さんだ。

「お兄に年上は駄目。尻に敷かれるのが目に見えてる」

「今だって十分敷かれてると思うんだけど……」

もう全部の要素を加味した人物でも来ないものだろうか。酒造りに長けた年上のドワーフ商人。

いや、でもドワーフ族で年上となると、そのずんぐりとした特徴的な体型《たいけい》も相まって、お姉さんというよりお母さん感、もしくは近所のおばちゃん感が出てしまうのではないか？

仕方がない、酒は諦《あきら》めよう。酒を取るか、お姉さんを取るかと聞かれれば、迷わず後者だ。

「そうでありまするよ、サナ殿。あまりロア殿を虐《いじ》めると嫌われてしまうでありまする」

「それは困る。お兄、私のこと嫌い？」

それは俺の首根っこ掴みながら聞くようなことなのだろうか。

「嫌いなわけないだろ。当たり前だ」

「良かった。お兄に嫌われたら、自分でも何するか分からない」

まずい、サナが正気を失って暴れたら俺だけでなくここら一帯が消し飛びかねん。

そう思った時、遠くの方で微かに大きな魔力の放出を感じた……ような気がした。

コノハが動きを止めて籠をそっと置いたのを見るに、どうやら俺の勘違いではなさそうだ。

「妹よ、本当に何かした？」

俺が尋ねると、サナも同じ気配を悟ったようで、無表情のまま首を横に振った。

この気配、ここ数日どこか行って姿が見えないセイラやリュグ爺のものではない。今まで感じたことのない重苦しい魔力の質だった。しかし、気配はかなり遠くの方からで、それこそS級指定の魔物でも暴れているだけかもしれない。

とはいえ、ここの面子《メンツ》ならばS級指定の魔物の中で最も危険とされる龍型魔物でもない限り、大した脅威にはならないだろう。龍型魔物はS級指定の地域に棲《す》み処《か》をつくり、人里に姿を現すことは滅多にない。というか、龍型魔物が棲み付いた場所がS級指定になるといった方が正しいだろう。奴らが一度、人類圏に姿を見せたなら、国の一つを軽々滅ぼすと言われている。

数十年に一度のペースでしか確認されていないから、俺もまだお目にかかったことはないのだけど。

「また誰か近くにいるでありまするかねぇ」

「やめなさい、コノハ、そうやってすぐ旗《フラグ》を突き立てるのは」

毎度、この展開だ。一向に変わりやしない。

どうか何も起きませんように。

俺は色々な思いを込めて、そう願わざるを得なかった。


後日、聖域の隅に俺とサナの父親であるベイクの墓をつくった。俺たちの父親の本当の姿を伝えると、サナも墓づくりに付き合ってくれた。

サナは相変わらず口数が少なく、俺の話に相槌を打つだけだったが、簡素な石造りの墓に供える花は自ら選んで摘んできた。それを見るに、サナの中でも父親に対する気持ちの変化があったように思える。

小さな墓に二人で手を合わせて、黙祷《もくとう》を捧げた。しばらく、静かな時間が流れる。

「サナ、そろそろ行くぞ」

「うん……」

墓を後にして歩き出してから少しして、振り返る。本当は母親と同じ墓に眠らせてあげたかった。だけど、俺とサナの故郷は遥か遠い。だからせめて、俺たちはずっと近くにいてあげようと思う。

「父さん、また明日ね」

あの戦いの後、目を覚ました俺の傍《かたら》らにはユズリア、そして少し離れたところにベイクの姿が

あった。誰かがローリックの手から彼を解放してくれたのだ。

他人の魔法による所有物を勝手に解き放つことなんて、それこそS級冒険者の聖属性の魔法じゃなきゃ考えられない。ユズリアの怪我が治っていたことも考えると、十中八九《じっちゅうはっく》セイラのおかげだろう。肝心《かんじん》の彼女は数日前からどこかへ行ってしまっているわけで、未だ感謝を伝えられていないのだけど。

夕暮れ前にドドリーが狩りから戻ってきた。いつもはほぼ必ず何かしらの食用の魔物を仕留《しと》めてくるのだが、珍しいことに今回は成果がなかったみたいだ。

ドドリーはやけに神妙《しんみょう》な顔つきだった。言ってはなんだが、とても似合わない。人柄を知らなければ、美形が物憂《ものう》げでミステリアスなオーラを放っているように見えるのだろう。しかし、俺たちは普段のドドリーを知っているわけで、それこそ明日にでも空から槍が降るんじゃないかと思わされる。

「セイラがいないと調子も出ないか？」

「十年や二十年くらい、なんてことはあるまいよ」

流石は長寿種族。人間との感覚のズレが桁違《けたちが》いだ。

ドドリー曰く、なぜか森から生き物の気配が薄くなっているらしい。気配を潜《ひそ》めているのか、それともなんらかの原因で本当に個体数が急速に減っているのか、はっきりとは分からないみたいだ。

しかし、それと相反するように、植物が普段よりもざわついているらしく、どちらの現象もドドリーは今まで経験したことがないと言う。

長い生涯の大半を自然と共に過ごすエルフが経験したことのない事態とは、聞いているこちらまでつい良くない方向に考えてしまう。

「まあ、俺もエルフの中では赤子《あかご》同然の若輩者《じゃくはいもの》。たったの百五十年しか生きていないのだ。知らないことがあってもおかしくはなかろう」

そう言うドドリーに俺はうなずく。

「ここは何が起きてもおかしくはない人類圏の外側だしな。常識が通用しないことも多々ある話なんだろ」

それでも聖域にいれば安全に思える。なんせ、ここには魔物が一匹でも近寄ってきたことはない。一帯が浄化されているとはいえ、普通ならば魔物だって迷い込んでくるもの。それがただの一度もないとなると、やはり泉の浄化能力は一般的な聖水や『浄化《じょうか》』とは比べ物にならないという証だ。

結局、この日は何も起こらなかった。やはり、気にし過ぎなのだろう。


次の日の夕方、セイラとリュグ爺が帰ってきた。セイラは満足げな表情で、それに対してリュグ爺はいつも以上に背中が丸っこく感じた。疲れているのだろうか。

「二人してどこに行ってたんだ？　こっちは大変だったんだぞ？」

セイラの錫杖の先端に赤い何かがこびり付いているのは追及しないでおこう。藪《やぶ》は突かないに限る。

リュグ爺はやれやれと重い腰を椅子に降ろした。

「本当ならばとっくに帰ってきているはずだったんだがのぉ。この娘っ子が興《きょう》に乗《の》りおってな……」

「うふふっ、調教《ちょうきょう》し甲斐《がい》のある子羊でした。年甲斐にもなくはしゃいでしまってお恥ずかしい限りですわ」

セイラがなんの話をしているのやら、俺にはさっぱりだが、これ以上聞いてはいけない気がした。

「セイラ殿、一体、何をやっていたのでありますするか？」

「おや、知りたいですか、コノハさん？　うふふっ、それではあちらでゆっくりと――」

コノハをどこかへ連れていこうとするセイラを、俺は慌てて呼び止める。

「おい、セイラ、それは子供に聞かせても大丈夫な内容なんだろうな」

「えーっと……ちょっぴりバイオレンスかもしれませんね」

「ちょっぴりなんてもんじゃなかったろうに」

リュグ爺が遠い目で呟く。いや、本当に何してたんだよ。逆に気になってくるじゃんか！

「私的にはいつもよりだいぶ抑えたんですが。ほら、人の関節ってどこまで反対側に曲がるか気にな――」

セイラの話をそこまで聞き、俺はコノハの耳を塞《ふさ》いだ。駄目だ、これは。こうしている今も、セイラの口から数々の拷問《ごうもん》の内容がすらすらと語られているが、どれもコノハに聞かせられるはずもなかった。

というか、セイラって本当に神官だよな？

「安心してください。私、回復魔法は得意ですので、傷痕一つ残っていませんよ？」

とびっきりの笑みを浮かべるセイラに、俺とリュグ爺は身震いをした。

「ふぅ……それにしても疲れたわい。お主、すまぬが風呂を沸《わ》かしてもらっていいかの？」

「おっ？　リュグ爺は風呂を所望《しょもう》か？　ちょうど今日、露天の大きな風呂をつくったところだ」

俺は自信満々な声でリュグ爺にそう答える。

今日は自分でも珍しく、ずっと作業をしていて、朝から一度も腰を落ち着けていない。

惰性《だせい》な一日を犠牲にしてまでつくったもの、それが吹き抜けの大きな風呂だ。

大陸の北方では〝温泉〟と言うらしい。せっかく誰のものでもない広大な敷地《しきち》があるんだ。有効活用させてもらおうという魂胆《こんたん》である。

もちろん、各家《かくいえ》に風呂場は設けている。しかし、やっぱり広い風呂に清々《せいせい》と入りたいじゃないか。

そこで、まだ未開拓《みかいたく》だった聖域の西を丸々と使い、巨大な温泉をつくった。ドドリーとユズリアも手伝ってくれたおかげで、一日で完成までこぎ着けられた。内装《ないそう》などはあまり気にしなくていい分、家一軒建てるよりも簡単だった。なんせ『固定』さえあれば、建てる家屋の大きさなどは問題じゃない。

源泉とはいかないのが多少残念ではあるが、魔力さえ持っていれば誰でも使える生活魔法で出したお湯に泉の水を少し垂らすだけで、抜群《ばつぐん》の浄化と疲労回復の効能を持った温泉の完成だ。疲れを取るどころか、普段よりも元気になってしまいそうだ。

「おぉ！　これはまた大層《たいそう》な仕上がりじゃのぉ！」

一方を木彫りの浴槽《よくそう》に、もう片方を石造りの浴槽に仕立てた。これにはリュグ爺も珍しく声が大きくなるというものだ。

「日替わりで男性用と女性用の浴槽を入れ替えようと思ってさ、どうせなら少しでも楽しみがあった方がいいだろ？」

浴槽から見える景色が少し味気《あじけ》ないのが残念ではある。そこはまた追々センスのある人たちに考えてもらうとしよう。温泉での俺の仕事はここまでだ。

せっかくなので、皆で入ってみることにした。娯楽《ごらく》がない分、こういうのは全員で感想を共有するに限る。

「ふぃ～、疲れが吹き飛ぶわい」

「リュグ爺の顔を見ていると、つくった甲斐があるな」

「うむ、エルフは水浴びしかせんが、これはこれでまたいいものだ！」

浴槽はリュグ爺と俺とドドリーの三人が入っても十分な広さがあった。どうせなら、とことん開放的にしてやろうと思って少し大きくつくりすぎたかもしれない。しかし、もしかしたら、これからまだ人が増えるかもしれないだろうし……念には念を入れて、というやつだ。

「しかし、若いのに温泉なんて文化、よく知っておったのぉ。これはごく一部の国にしか伝わっていなかったはずじゃが」

「数年前に偶然依頼で立ち寄った村で教えてもらったんだ。標高《ひょうこう》の高い場所だったから、温泉からの景色がとても綺麗で忘れられなくてさ、こうやって風呂に入るのもいいなぁって思ったんだ」

リュグ爺と話していると、仕切りを隔《へだ》てた向こうの風呂から女性陣の声が聞こえてきた。無論、変な気はないにしろ、否応《いやおう》なしに耳を傾《かたむ》けてしまう。悲しい男の性《さが》だ。ぴたりと男湯から会話が途絶える。

「あらぁ～、広い浴場ですね」

これはセイラの声だな。思ったよりもちゃんと聞こえて気まずい。

「これが庶民の文化なのね。ちょっと恥ずかしいわ……」

ふむ。確かに、貴族のユズリアには他人と風呂に入るなんて習慣はないのかもしれない。

俺とサナなんて、小さい頃は毎回一緒に入っていたもんだ。田舎では節約が基本。火の魔石も水の魔石も高価だし、風呂を沸かすのだって一苦労なのだ。

「ロア殿ー！　そちらはどうでありまする？」

「コノハ、あんまりはしゃがない。お兄が欲情《よくじょう》する」

「するわけないだろっ！」

俺は思わず返事をしてしまった。だって、変な誤解はされたくないし……

その後も男湯は相変わらず会話が少なく、ひたすら女性陣の会話が筒抜《つつぬ》けで聞こえてきた。

ちょっと仕切りが薄すぎたかもしれない。もちろん、そこは信頼関係だ。間違いがあってはならない。というか、覗く勇気などあるはずもない。

サナにバレたらその日が命日だ。そんなリスクを冒《おか》してまで見たい相手がいるわけでもあるまい。

理想の年上のお姉さんがいれば、それはまた話は別だが。

「むっ、お兄の不純な気配」

だから、どうして分かるんだ、妹よ。

「ロアー！　私のならいつでも見ていいんだからねー！」

「ユズリア、その胸はお兄の教育に良くない。セイラも」

「ロア殿は胸部の大きな方が好きなのでありまするか？」

ユズリアとサナのやり取りを聞いて、コノハがセイラに質問した。すると、セイラが微笑みながら答える。

「うふふっ、コノハさん、男性とは皆そういうものなのです」

人の聞こえるところでなんて話をしているんだ。聞いてるこっちが恥ずかしくなる。

「はっはっはっ！　兄弟は人気者だな！」

痛い。ドドリーよ、背中を叩かないでくれ……お前の馬鹿力は薄っぺらい俺の身体には普通にダメージが入るんだわ。

「全くけしからんのぉ。ちなみに儂は貧相なのもありと思える派じゃ」

誰も聞いてないよ、リュグ爺……ちなみに俺もどちらでもいける派だ。静かにリュグ爺と握手を交《か》わすと、なんとドドリーまで手を重ねてきた。

やれやれ、向こうの女性陣は大きな勘違いをしている。男という生き物は大抵、どちらでもいける派だ。

「今夜は良い酒が呑めそうじゃな」

「リュグ爺、酒ならないぞ」

俺のつっこみを聞いたドドリーが意外そうな顔をする。

「ふむ、今度エルフの秘酒をつくってやろう。皆で酌み交わすぞ」

「なるべく早く頼む！」

馬鹿げた話で盛り上がれる。これもまた、男の特権というもの。下世話な話だが、こういうのは一人じゃできなかったことだ。

改めて、一人で暮らそうと思っていた自分がどれだけ間違っていたのか痛感する。俺は一人じゃ何もできない。皆がいるから、こんな素晴らしい暮らしができるのだ。もっと皆に感謝しなきゃな。

こんな会話でそれを実感するのもどうなんだって話だけど。

「あっ、そうだ、リュグ爺」

「なんじゃ？」

すっかり忘れていた。先日の強い魔力の違和感をリュグ爺が帰ってきたら聞いてみようと思っていたんだ。謎の魔力の気配のこと、ドドリーが感じた森の異変のこと。リュグ爺ならば、何か知っているかもしれない。なんとなく、リュグ爺が聖域にとどまっている理由に関係している気がした。

「昨日、変なことがあ――」

「ロアー！　私たち、そろそろ出るわよー！」

俺の話を遮《さえぎ》るように仕切りの向こうからユズリアの声が飛んでくる。

「俺たちももう出るよ！」

別に早急《そうきゅう》に話すことでもないか。良い雰囲気を壊すのも気が引ける。

また明日にでも話してみよう。

——しかし次の日、俺は遠くで魔力が弾ける気配で目が覚めた。

目覚めは最悪なものだった。

俺はぼやける意識の中、悍ましい気配を察知して飛び起きる。真っ先に思ったのは、S級冒険者としての感覚が鈍《にぶ》っているなということだった。こんな腑抜《ふぬ》けな寝起きでは、S級指定の地域では毎朝死んでいてもおかしくない。

意識が覚醒してからものの数秒。しかし、それでは遅い。数秒あれば、数百メートル先から首元に鎌をかけられる相手なんていくらでもいるからだ。

俺はベッドから飛び起き、窓の外を見る。どんよりとした灰黒色《かいこくいろ》の雲が空一面にかかり、夜明けとは思えない薄暗さだ。

起きがけに感じたのはただならぬ気配だった。先日畑で感じた魔力とよく似ている。ただ、あの時と違うのは、この場所へ向けての明確な殺意が込められていること。まるで、挑発《ちょうはつ》するような魔力の漏らし方だ。おそらく、知性の低い魔物の仕業《しわざ》ではない。人か、同等の知能を持った生物だ。

隣で寝ていたはずのユズリアは既に部屋を飛び出していた。俺はユズリアを追いかけるようにローブを取り、外へ出る。

本当、問題の尽きない場所だな。そう思ったのも束の間、どうやら今回はいつもとは少し違うらしい。この威圧感《いあつかん》、それと感じたことのない悪意を煮詰めたようなドロドロな殺意の不快感。明確な襲撃《しゅうげき》と呼べるものだった。

でも、一体誰が……？　ローリックの仕返しかと思ったが、この魔力は奴のものとは違う。

「兄弟よ、遅いぞ？」

ドドリーが俺に顔も向けずに呟く。

どうやら気配に気付いて外に出たのは俺が最後だったみたいだ。やはり、気を引き締め直す必要がありそうだ。

「悪い。それで、原因は分かったか？」

「ちょうど、あちらさんも来たようじゃな」

リュグ爺がいつもの数段低く呟いて、聖域と魔素の森の境界の上空を睨む。その鋭い眼光に思わず息が詰まった。

その相手とやらの姿はまだ見えない。しかし、確かにそこにいる。隠すことのない魔力がゆっくりと近づいてきているのが分かった。

「なんて重い魔力なの……？」

「某もこんな息苦しいのは初めてでありまする」

「ユズリアも、コノハも、無理しない方がいい」

そう言いながら、サナが二人より一歩前に出る。全く、頼もしい妹だ。俺はさらにその一歩前に立つ。

「神官の娘、分かりおるな？」

「ええ、リュグ爺様」

リュグ爺に問われたセイラがドドリーに目配《めくば》せをする。

「うむ……任された！」

何を言うでもなく、ドドリーは大きく飛び退いて弓を構える。

今の一瞬で全てが伝わるのか。二人は理想的な阿吽《あうん》の呼吸だ。

聖域が嵐の前の静けさに包まれる。

ぴゅうーと風が鳴いた。刹那、張り詰めていた空気がリュグ爺の一喝《いっかつ》によって破られる。

「――来るぞッ！」

一番先頭に立つリュグ爺の前に、セイラが魔力のこもった攻撃を防ぐ魔法障壁を張った。

瞬間、とてつもない速度で魔力が飛んでくる。俺がそれを風の魔法だと認識できたのと同時に、破砕音《はさいおん》を響かせて魔法障壁が粉々に砕け散った。

一瞬の静寂。

驚嘆の声をあげる間もなく、風属性の魔力を纏った魔弾が無数に飛んでくる。

セイラが全員の前に躍り出て、瞬間的に魔法障壁を何重にも展開。後方から同じく風属性の魔力を纏ったドドリーの魔法矢が唸りをあげて宙を射抜く。

雹《ひょう》のように降り注ぐ魔弾とドドリーが放つ魔法矢が、すさまじい風を散らして互いに相殺《そうさい》し合った。その風の幕を引き裂いてなお、数で勝る魔弾が銃弾のような速度で魔法障壁を次々と砕く。

飛び散る魔法障壁の欠片が聖域の光を乱反射《らんはんしゃ》して、きらきらと視界を散らす。

ついに、最後の魔法障壁が破られた。数少なくなった魔弾をセイラが光る錫杖で次々と殴り落とす。最後の一つをドドリーの魔法矢が貫き、一瞬の豪風を撒き散らして吹《ふ》き荒《すさ》ぶ風がやんだ。

それはわずか数秒の出来事。その間、俺はただひたすら目の前の光景を眺めることしかできなかった。正確には動こうにも、動けなかった。加勢をしようと思ったその時には、一連の出来事が終わっていた。

その間もリュグ爺は微動《びどう》だにせず、ただひたすら上空を睨みつけていた。その視線の先から、木々の間を縫《ぬ》うように宙を飛ぶ何かが姿を現す。

人族のような細身の体躯。純黒の衣から覗く灰紫色《はいむらさきいろ》の肌。そして、まるで蝙蝠《こうもり》のような特徴的な翼と、額の左右に生える二本の黒角。

「ま、まさか……」

今までに見たことがない生物なのに、俺は知っている。多分、ここにいる全員がそいつを目視《もくし》した瞬間にその存在を頭に浮かべたはずだ。

それは、長い間人々によって語り継がれてきた災厄の姿とあまりにも酷似《こくじ》していた。

「魔族……」

その存在が最後に目撃されたのは五十年前のこと。正直、空想上の存在みたいに思っていたが、いざこうして目の当《まあ》たりにすると、これが魔族という生物なのだと直感で分かった。

人類圏に棲息する生物とは比較できないほどの異質な魔力、言い伝え通りの見た目。そして、何よりその凶暴性《きょうぼうせい》が、突然目の前に現れたこの存在が魔族だということを物語っていた。

五十年前の時代を生きていたリュグ爺とドドリーは、魔族の何たるかを知っているのだろうか。少なくとも、リュグ爺は一連の異変を魔族の出現の予兆だと確信を持って待ち構えていたように思える。

魔族は黒い強膜《きょうまく》と赤い瞳を悦に染めて、俺たちを見下ろしていた。まるで人間のような口がにたりと開く。

「なんだ？　下等生物が幾《いく》ばくかいるだけではないか。ギャハハハッ！」

辺りに反響する魔族の低い声。身体の奥をなぞられるような気味の悪い声色《こわいろ》だった。

「若いもんは下がっとれ」

そう言い残し、リュグ爺が地を蹴って、一跳びで魔族に肉薄した。

「近寄るな、下等生物め」

魔族は一瞬にして物理障壁を何重にも展開して、リュグ爺を弾き飛ばす。セイラ以上の速度だ。完全に人のなせる技ではない。

空中で後ろ向きに落下するリュグ爺の身体。すると次の瞬間、リュグ爺の右側面《みぎそくめん》の空間がぐにゃりと歪んだ。背景が渦を巻いて混ざり合う。その渦の中に突っ込んだリュグ爺の右腕が引き抜かれると、その手にはリュグ爺の身体を優に超える巨大な大剣が握りしめられていた。

大剣は白銀の刀身を煌めかせ、紫電《しでん》を纏う。

リュグ爺は宙を蹴り上げ、再び魔族へ突進。そして、何十層にも張り巡らされた物理障壁を前に、空中で大剣を一振り。紫電を帯びた斬撃が障壁を無音で斬り裂き、刹那の静寂の後、破砕音が幾重《いくえ》にも響き渡る。大剣から放たれた紫紺《しこん》の衝撃波が一瞬にして物理障壁を全て打ち砕いた。

その衝撃波は障壁を裂いてなお勢いを止めず、魔族に迫る。

「おおっ！　素晴らしい！　いいではないか、下等生物！」

魔族がそう言いながら両手を構え、リュグ爺の大剣から放たれた衝撃波を受け止める。

その瞬間、激しい金切《かなき》り音と雷撃《らいげき》が迸る。衝撃波が魔族の皮膚《ひふ》を裂き、魔族の両手から青黒い血が噴き出す。

こんなにあっさりやれるのか……？

俺がそう思ったのも束の間、魔族の身体から黒いもやがゆらりと湧き出し、衝撃波を包み込む。

その瞬間、もやが触れたところから衝撃波が弾かれて消えゆく。

「あれは……」

俺の漏らした言葉に、コノハとサナが小さくうなずく。

やはりそうだ。湖で見た、謎の黒い繭が纏っていた黒いもやによく似ている。あの時も、魔法が一切通用しなかったことを考えると、おそらく同じもの。つまり、あの繭は魔族のものだったということだろうか。

「やはり、一筋縄ではいかないのぉ」

リュグ爺が大剣をもう一振り。先ほどよりも大きな紫紺の波が、まるで龍のようにうねりを描いて放たれる。

「芸がないな。下等生物よ」

黒いもやが衝撃波と衝突し、先端からその攻撃をかき消す。

同時に魔族が魔法を展開した。無数の魔弾が高速で撃ち放たれる。

リュグ爺の前にセイラの魔法障壁が展開された。その間にもドドリーの矢が魔弾をいくつか貫く。

再び、乱打戦が始まったと思いきや、魔族が口角を吊り上げる。

「先ほどのようにはいかんぞ！」

魔族がそう言うと、その身体を取り巻くように魔法陣が幾重《いくえ》にも浮かび上がる。その全てから、際限なく高速で紫色の魔弾が放たれた。魔弾はセイラの魔法障壁を溶かし、ドドリーの魔法矢すら触れた瞬間、勢いをなくして落下する。

空一面の魔弾がリュグ爺を襲う。

「サナ！」

俺の呼びかけにサナが無言でうなずき、二本指を横に切る。しかし、『解除』が発動しても魔弾は一つたりとも消えることはなかった。それを見て、サナが眉根を寄せる。

「……どうして？」

残っていた障壁と魔弾が触れ合った瞬間、俺はその障壁が砕かれるよりも先に二本指を縦に振り下ろす。一度『固定』さえしてしまえば、無敵の盾の完成。そのはずだった。

しかし、次の瞬間、魔弾が障壁を貫いた。

「なっ……!?」

確かに『固定』は発動していた。それなのに、破られた。サナの『解除』も通用しないようだし、一体、何が起きているというのだ。

「あのもやはどんな魔法も受け付けない魔族固有のものです。おそらく、あの魔弾にも黒いもやが薄く張り巡らされているのでしょう」

セイラが諦めたようにそう言い、錫杖を下ろして、軽く息を吐く。

「サナの『解除』と似たような魔法か……くそっ！　どうすれば……っ！」

「このままじゃ、リュグ爺が危ない！」

ユズリアがそう言いながら細剣を引き抜くが、もう既に魔弾はリュグ爺のすぐ近くまで迫っていた。俺たちの中で一番の移動速度を誇るユズリアでも間に合わない。

「セイラ、どうすればいい!?」

焦りを隠さずに俺が問い掛けるが、セイラの面持ちは変わらない。まるで何も問題ないと言いたげだった。

「大丈夫ですよ。リュグ爺様ならば」

リュグ爺の右側面の空間が再び歪み、渦が現れた。大剣をその渦の中に押し込むリュグ爺。再び引き抜かれた手には刀身が金色に輝く、先ほどとはまた別の片手剣が握りしめられていた。

「やれやれ、これだから魔族は嫌いじゃや」

迫り来る魔弾をリュグ爺が目にも止まらぬ速さで次々と斬り刻む。そこに魔力は感じられず、純粋な物理の剣技だった。剣は振るわれる度《たび》に速度を増し、金色の軌跡《きせき》を無限《むげん》に残す。まるで、そこに光り輝く盾が出現しているように見えた。

いや、錯覚《さっかく》ではなかった。リュグ爺が剣を止める。しかし、軌跡は未だ輝きを濃く残したまま、そこに残り続けて魔弾を弾き続けた。

斬撃がその場に残り続けるなんて見たことがない。おそらく、あの金色の片手剣の力だろう。

「す、すごい……」

俺が驚嘆していると、今度はリュグ爺の左側面《ひだりそくめん》の空間が渦を巻く。大きく歪んだ空間にリュグ爺が飛び込む。身体が捩《よじ》れて吸い込まれるようにリュグ爺の姿が消えた。

「下等生物め。どこへ消えた……？」

すると、突然魔族の背後の空間が歪み、そこからリュグ爺が姿を現して魔族の背中に向けて剣を振るう。

しかし、魔族も反応が速かった。驚異的《きょういてき》な反応速度でリュグ爺の方を振り向き、その斬撃に向けてもやを障壁のように展開。同時にガラ空きになっているリュグ爺の左半身目掛けて魔力を纏った拳を撃つ。

魔族の抉るような拳がリュグ爺を貫かんとした刹那、再びリュグ爺の姿が歪んだ。そして、次の瞬間には魔族の背後へと再び移動していた。

「ぬぅ……ッ！」

魔族は反応したものの、前方に撃ち出した拳を引っ込める間もなく、リュグ爺が斬撃を魔族の背中に振るう。魔族の背に大きな一太刀《ひとたち》が入り、青黒い鮮血が噴き散る。

傷などお構いなしに振り向く魔族だが、既にそこにはリュグ爺の姿はない。背後へ、上空へ、真下へ、次々と瞬間的に移動しながら、リュグ爺が魔族の身体を四方八方、斬り刻み続ける。

「ぐあぁぁああ――――ッ！」

魔族が全身から大量のもやを噴出する。もやによって球体状に包まれる魔族。まるで、湖で見た繭そのものだった。

それを見て、リュグ爺が魔族と距離を置いて宙を滑る。

「それは魔力の消費が激しかろうて」

「馬鹿にしおって、下等生物がッ！」

あの魔族を相手に一人で圧倒するリュグ爺。息の一つも切らさずに余裕の表情だ。

「一体、リュグ爺って何者なの!?」

ユズリアが呆気《あっけ》に取られたように見上げる。

「リュグ爺様は別名――〝無頼漢の王〟」

平坦な声色で語ったのはセイラだ。

「えっ!?　それってもしかして……」

ユズリアを含む、その場の全員が息を呑んだ。それは長年、様々な人が語った伝説の人物。

セイラはにっこりと笑みを浮かべて続けた。

「はい、リュグ爺様はかの魔族殺しの英雄のお一方。空間を自由に統《す》べ、意のままに操る。時空剣使いのＳ級冒険者です」

その小さな身体に似合わない大ぶりな剣を担《かつ》ぎ、鞘状態を解いた魔族を圧倒するリュグ爺。魔族が手持ちの武器に対応した瞬間、別の武器に次々と持ち替えて攻撃スタイルを変える。時空の彼方に消えては、不意に現れて魔族を斬り刻み続けた。

「リュグ爺が英雄の一人、それも一番の功労者《こうろうしゃ》と言われているあの無頼漢の王だって⁉」

俺がそう聞くと、セイラは時折飛んでくる流れ魔弾を都度鬱陶しそうに錫杖で弾きながら、答える。

「はい。私を育ててくださった先生も英雄のお一方でして、リュグ爺様には昔からよくしてもらっておりました」

「無頼漢の王って、似合わない」

サナがぼそりと呟いた。

「私の先生曰く、リュグ爺様は昔、それはもう手のつけられないほどの荒くれだったそうですよ？それなりの色男《いろおとこ》だったとか、なんとか」

セイラのその発言に、コノハが首を傾げる。

「リュグ爺殿が二枚目とは、なんとも想像し難いでありまするな」

「ふふっ、私も半信半疑ではあります。私の先生の異性の好みは少しだけおかしかったですから」

やはり師弟とは似るものなのかもしれない。リュグ爺に惚れるセイラの先生もどうかと思うが、セイラにとってドドリーは少しもおかしくないのだろうか。確かに顔は良いが……

「でも、魔族って、S級冒険者五人でようやく倒せたんでしょ？　リュグ爺一人じゃ、勝てないんじゃ……私、やっぱりサポートに行く！」

「ユズリアさん、あの魔族はまだ幼体《ようたい》です。リュグ爺様一人で問題ないでしょう」

そう言って、ユズリアを制止するセイラ。

魔族が放った巨大な風の刃《やいば》を、真っ赤に燃える片刃《かたは》の大剣で次々と弾くリュグ爺。確かにその表情に苦戦の色は全く見えない。対して、魔族は片翼《かたよく》があらぬ方向にへし曲がり、全身から青黒い血を滴らせていた。最初に比べ、表情は険しく、口数も随分と減っている。

しかし、今でこそリュグ爺の独壇場《どくだんじょう》となっているが、いまだに魔族の放つ魔法は詠唱速度も、威力も、全てが人類には到底再現のできない化け物じみたものだ。あれでまだ成体《せいたい》ではないというのだから恐ろしい。リュグ爺がいなかったらと思うと、心底ゾッとする。

「成体にならんと自己回復はできんようじゃな」

「ぬぅあぁぁあぁぁあああッ！　調子に乗るなよ下等生物ぅううッ！」

魔族の足元を中心に聖域を囲んでしまうほどの巨大な魔法陣が展開される。息苦しいほどの濃密な魔力が魔法陣へと集束していく。

そして、魔族が掲《かか》げた手の先に、石ころのような小さな風の魔弾がつくられる。魔弾は高速で回転しながら徐々に大きさを増していく。

際限《さいげん》なく巨大になっていくそれを見て、俺は思わず声を上げた。

「お、おいおい……それは駄目だろ……」

魔弾の影が地面を覆う。空を埋め尽くすほどに膨れ上がった魔弾が雲間《くもま》の太陽を遮った。強烈な風が吹き荒れ、魔弾へと収束していく。身体の小さいコノハが突風に足を浮かす。空中の魔弾へと吸い込まれるように身体の自由を失うコノハの身体を掴み、脇に抱える。

「た、助かったであります……」

「それより、あんなものが落ちてきたら止めようがないぞ!?」

そうなれば、もはや被害は甚大《じんだい》だ。聖域など跡形《あとかた》も残らないだろう。それどころか、魔素の森の大部分が消滅しそうなほどだ。

「ギャハッハハハッハッ！　よくもここまでこけにしてくれたな下等生物。褒美をくれてやろう！」

おそらく、あの馬鹿でかい魔弾にも黒のもやがコーティングされているはず。つまり、俺の『固定』やサナの『解除』はもちろん、その他の魔法も全てが無力だ。止めるには物理的手段で受け止める他ない。

「それはちとまずいのぉ」

リュグ爺の口ぶりから察するに、まだ窮地《きゅうち》という感じではなさそうだ。もしかしたら、対抗策を持ちうるのかもしれない。もはや、今の頼みの綱はリュグ爺だけだ。

刹那、巨大な魔弾へ吹く風が止んだ。一瞬の静寂の後、魔弾の真ん中から上がずるっと横にズレた。まるで、何かが魔弾を斬ったような……

「えっ……？」

そう呟いたのは、なぜか魔弾を生み出していた魔族の方だった。

ピシッという小さな音が聞こえ、次の瞬間、魔弾が網目状に断割《たちわ》れ、凄まじい風の衝撃を吹き散らして瓦解《がかい》する。

「な、何が起きたのぉ!?」

戻ってきたドドリーが、声を上げながら飛ばされるユズリアを、同じく俺が宙に浮いたサナを、辛うじて捕まえる。体勢を崩したことで足が浮きそうになり、慌てて地面と靴を『固定』する。

目を開けることもできない強風の中、リュグ爺が俺たちのそばに着地した気配がした。

「全員無事かの？」

どうやら、リュグ爺ですら視界を奪われているようだ。全員の声が騒音《そうおん》に紛れて聞こえた。

「リュグ爺がやったのか!?」

「いいや、儂ではないわい。どうやら、簡単にはいかなそうじゃな」

脇に抱えたコノハの手元がぼやっと光るのが薄目で見えた。

「ロア殿、皆の足元に『固定』を――！」

「わ、分かった！」

コノハに言われた通り、俺は全員の靴と地面を『固定』。それを確認し、コノハが『異札術《いさねじゅつ》』を発動する。すると、下から押し上げるような突風が吹いた。その風が横なぎに吹き荒れる風の流れを強引に上へと変える。竜巻のように渦を巻いて上空へ全ての風が突き抜け、ようやく、風の脅威が止まった。

「ま、魔族は!?」

ユズリアの声で俺たちは上空へと目を向け、思わず息を呑んだ。それと同時にあることを思い出した。湖にあった黒い繭は一つではなかったということを。

見上げた上空では、傷だらけの魔族の頭を別の魔族がわし掴みにしていた。新たに現れた魔族は一体目の魔族よりも一回り身体が大きく、まるで人間の女性のように胸部に膨らみが窺える。二体目の魔族がもう一方の魔族を見据えるその目つきは心臓が凍りつきそうなほど冷たく、鋭かった。

「あ、姉上……どうしてここに？」

傷だらけの魔族が怯えた声を発する。

「愚弟《ぐてい》のせいだろう？　私は言った通り人族の国を一つ滅ぼしてきたぞ？　それがお前ときたら、何をこんな数人に手こずっている」

「ご、ごめんなさい……姉上……」

「ここは確実に潰さなければならない場所なのだ。だと言うのにあのような大仰な魔法、放った瞬間お前はあの年寄りに殺されていたぞ？」

刹那、リュグ爺が動いた。歪みを見せるよりも早くその場から姿を消し、新たに現れた雌型《めすがた》の魔族の背後を取る。そして、雷撃を纏った双剣を雌型の魔族に向けて斬り放つ。

しかし、雌型の魔族は容易く反応してみせた。わし掴みにした魔族を盾がわりにして斬撃を受け止める。十字に雷鳴が轟《とどろ》き、雄型の魔族の身体を深く削り取った。

不快な絶叫《ぜっきょう》が辺りに響き渡る。

「それとも、死にたかったのか？」

雌型の魔族はリュグ爺を眼中にすら入れず、雄型の魔族への詰問を続ける。

そこをリュグ爺の縦横無尽の攻撃が襲うが、雌型の魔族はその全てをもう一方の魔族で受け止めた。雄型の魔族はもう息も絶え絶えだ。

その様子を見て、ユズリアが苦しそうに顔をしかめる。

「どうしてあんなことを……仲間じゃないの⁉」

「俺らからすればありがたい話だが、あの雌型の魔族、リュグ爺の攻撃をああも容易くいなすなんて」

「おそらくは成体でしょうね……」

俺の呟きに応えたセイラの表情は、いつになく険しい。それだけ、あの雌型の魔族が計り知れない脅威だということだ。

先ほどまでとは異なるリュグ爺の大剣が炎の柱を立て、空気とボロボロの魔族を焦がす。その衝撃に乗じて、リュグ爺が空間を跳んで俺たちの方へ戻ってくる。その額には微かに汗が滲んでいた。

「ふう……まずいのぉ」

「で、でも、幼体の魔族はもう戦えそうにないし、七人いればなんとか倒せるんじゃ……」

ユズリアの言葉にリュグ爺が首を横に振る。

「あの雌型、おそらく五十年前の魔族よりも手強《てごわ》そうじゃのぉ。それにな、成体の魔族の厄介なところは回復魔法にも長けているところじゃ」

雌型の魔族が黒いもやで己ともう一方の魔族を包み込む。もやに包まれて球体状となった隙間から黒い光が漏れる。

そして、黒いもやが晴れた。そこにはもちろん二体の魔族。雌型の魔族と、先ほどまでの傷痕が綺麗さっぱり消えた雄型の魔族。表情こそ固いものの、どうやらリュグ爺の与えたダメージは回復してしまったようだ。

「ふっはっはっ！　久々に腕が鳴るというものよ！」

回復した魔族たちを見て、突然、ドドリーが緊迫感の欠片もない高笑いで弓を構える。

「即死以外ならば私が回復しましょう」

本当、セイラとドドリーは底が知れないな。こんなにも絶望的な状況に思えるのに、二人ともやけに楽しそうだ。

一方、魔族たちに目を向けると——

「愚弟、次はしっかりやれよ？」

「は、はい……姉上……」

雌型の魔族がその場を離れた。くるっと踵《きびす》を返し、森の奥へと消えていく。

「ドドリーさん！　見失わないよう、追ってください！」

セイラが間髪容れずに判断を下した。

「うむ、任された！」

ドドリーが雌型の魔族を追って森に入る。エルフは自然と長い時間共存する森のエキスパート。いかに魔族とて、森の中でエルフから逃げ切ることはできないだろう。

「儂らは雌型の魔族を追う。あの雄型の幼体はお主たちに任せることになるが、良いか？　決して無茶はするでないぞ？　無理だと思ったら、とにかく攻撃をいなし続けて儂らを待つのじゃ」

「分かった。リュグ爺たちも気を付けてくれ」

俺はそう言って、ユズリアとサナを一瞥する。二人とも異論はないようだ。

「某もドドリー殿たちについて行くでありまする。あの雌型、三人では厳しいでありましょう？」

「コノハさん、助かります。それでは、お三方とも陽光神《ローシャス》様の御加護があらんことを」

そう言い残し、セイラとコノハが森へと入って行く。

残ったリュグ爺が俺に目を向ける。

「おそらく、魔族と一番相性が悪いのはお主じゃ」

「……だろうな」

黒いもやのせいで『固定』はほとんど機能しない。今の俺にできることはなんだろうか。

リュグ爺の質問の意図は分からない。でも、そんなの決まっているだろう？

「英雄になりたいか？」

「興味ないな。俺はここで皆と平穏に暮らしたいんだ」

リュグ爺が相好を崩す。

「ふぉっ、ふぉっ、それで結構。ならば、いざという時はあの魔法も視野に入れよ」

あの魔法とは『消滅《アドバン》』のことだろう。リュグ爺がなぜ知っているのかは分からない。けれど、確かに言いたいことは伝わった。

どんな手を使っても、聖域を魔族なんかに壊させはしない。この生活を、聖域を、そして皆を守れるのならば、俺はユズリアとの約束を破ることになろうとも、もう一度『消滅《アドバン》』を使う。

「そんなことはさせないわ！　私が、ロアを守る！」

「お兄にあれはもう使わせない。あんな奴、私だけで十分」

ユズリアとサナが息巻く。頼もしい奴らだ。

「やれやれ、いっつも何か起きる変な場所だよ、ここは！」

俺だって二人の笑顔を守りたい。だから、全力で抗《あらが》うんだ。この理不尽に――――！

◇　◇　◇

「リュグ爺殿、こちらでありまする」

儂にそう言いながら先行するコノハの後を追う。

ドドリーが木々に等間隔で残した痕跡を辿りながら魔素の森の奥へ。コノハもセイラも何食わぬ顔でついてきていた。コノハはむしろ儂の速度に合わせていそうだ。コノハの魔法なら、もっと速く移動できるだろうに。

やれやれ、歳は取りたくないものだ。全盛期の動きが全くと言っていいほど再現できていない。これでは過去の栄光に縋《すが》る卑《いや》しい老人だな。

それにしても、森の奥深くに潜るほど、魔素が濃くなっていく。魔族にとってはさぞ良い環境だろう。

「二人とも——特に狐っ子や。無理だけはするでないぞ？　お主はこれからの世代の者じゃ」

「某とて、Ｓ級冒険者でありまする。これくらい、なんてことはありませぬ」

「あらあら、頼もしいですね。リュグ爺様こそ、無茶はなさらないでくださいね。もうお歳ですもの」

コノハもセイラも軽口《かるぐち》が叩けるくらいには余裕そうか。しかし、この四人だけであの雌型の魔族を相手に出来るだろうか。儂のほぼ最大威力の攻撃を軽々受け止められる強さだった。

おそらく、五十年前の面子でも倒すことは叶わないだろう。しかし、ここで奴を見失えば、さらに人類への被害が増すのも事実。あの魔族の言葉が正しいのならば、すでに一国が落ちている。ここで仕留め切る他ない。

英雄と称された昔の面々が懐かしく思い浮かぶ。もう、この世にいない者の方が多い。だからこそ英雄の弟子として育てた——いつか魔族が再び姿を現した際に、次の英雄となる者には生きてもらわなければ困る。

「神官の娘や、お主の師――セリナリーゼ以上の働きをしてもらわないとならんぞ？」

「英雄だった先生以上ですか……いささか自信がありませんわね」

「それでもやってもらわなければ、儂らは全員魔族の餌になるだけじゃ」

「やれやれ、ロア殿ではありませぬが、本当に災難が多いでありまするな」

コノハがため息交じりに頭《かぶり》を振る。こんな幼い者にも協力してもらわないとならないとは、ちと弱い自分が許せんのぉ。

聖域を出てから、かれこれ一刻。木々の色が深い赤みを帯びてきた。魔素の質が著しく変わっている証拠だろう。

魔族め、一体、どこまで逃げるつもりなのだろうか。雌型の魔族からすれば、戦った方が手っ取り早そうなものだが。

魔族が二手に分かれたのが戦力を分散させる策なのは見て取れる。しかし、逃げ続ける理由とは？　そもそも、逃げるのならば雌型ではない方だろうに。

嫌な予感がする。そして、儂の勘《かん》が外れることは滅多にない。何か、間違えているのではないか……？

魔族は傲慢《ごうまん》で、そして何よりも狡猾だ。五十年前もその色肌と角や羽を隠し、人間の国へ侵入。

中枢《ちゅうすう》から派手に破壊されたものだ。

そこまで考え、ようやく魔族の企《たくら》みが分かった。全く、本当にボケ始めたのだろうか。こんな簡単な手に引っかかるなんて。

儂は足を止める。どれくらい聖域から遠ざかっただろうか。今から行って、間に合うのか……？

いや、一刻かけて戻っては確実に間に合わない。

セイラが不思議そうに振り返る。

「どうしたのですか、リュグ爺様？」

「……狐っ子や。今すぐ全力で引き返せ」

儂の言葉でセイラは何か悟ったのだろう。眉間《みけん》にそっと皺を寄せた。

しかしコノハは首を傾げる。

「なぜでありまするか？　お三方だけでは、あの雌型の魔族は危険でありまする」

「だからじゃ。儂らは騙されておる」

「もしや、今私たちが追っているのは……」

セイラも気が付いたようだ。

「そうじゃ。おそらくはあの二体、姿を互いに偽装しておる。儂らが追っているのは、幼体の方じゃ」

そうなれば、逃げ続けるのも合点がいく。より力のある方へと儂らの戦力を集め、分散させる。こちらが雌型の方に大勢を割くことは魔族にも分かっていたのだろう。だから、姿を入れ替え、雌型に扮した雄型をおとりにした。気が付けば簡単なことだ。

「それでは聖域にいるのは……」

セイラが固唾を呑む。

「うむ、おそらく姿を幼体へと変えた雌型の魔族。このままでは聖域が壊滅《かいめつ》してしまう。今から儂が戻ったんじゃ間に合わん。じゃから、狐っ子や、全力でお主だけでも加勢に参れ！　儂らも幼体を倒したらすぐに向かう！」

「承知したであります！　そちらの心配は……しなくても大丈夫でありましょう」

コノハの札がぼうっと光る。すると、コノハは足元に風を纏い、地を蹴った。次の瞬間には追い風を残して姿が見えなくなっていた。

コノハは儂に速度を合わせているとは思っていたが、まさかこれほどとは。これならば半刻もかからずに聖域まで戻れるだろう。しかし、それでもおそらく雌型の魔族相手には人数が足りない。セイラとドドリーも今すぐ後を追わせるべきか……？

儂の視線に気が付いたのか、セイラがにっこりと微笑む。

「信じましょう、彼らを。それに私たちとて、油断はできません。先ほどから大きな魔力がこの先へと集まっている気配がします。おそらく、あの幼体の魔族は成体へと変貌《へんぼう》を遂《と》げるつもりでしょう。そうなれば、リュグ爺様だけでは危険です」

「……そうじゃな。ここは若い者を信じてみるとするか」

とにかく、早くこちらを片付けなければ。

◇◇◇

「ロア、私が行く！　援護よろしく」

ユズリアが俺にそう叫んだ次の瞬間、灰黒色の空に一筋の雷が昇る。

「やぁあああ――ッ！」

ユズリアが声を荒らげながら、もやに包まれた魔族へと迫る。

黒いもやと稲妻を纏った細剣が金属音を響かせ、火花を散らす。

「蝿《はえ》のように鬱陶しい下等生物だ……」

魔族によって、ユズリアのすぐそばで風の魔弾が音を立てて生成された。魔弾はその場で高速に乱回転《らんかいてん》し、魔族の手振りによってユズリア目掛けて弾丸の如く射出される。

ユズリアは稲妻の出力を瞬間的に上げてもやを弾く。体勢が崩れたところに魔弾が迫り、ユズリアはかろうじて細剣で受ける。激しい金切の音を立てて、細剣諸共《もろとも》ユズリアが後方へと吹き飛ばされた。

大岩へと叩きつけられる寸前、俺はユズリアと大岩の間に自分の身体を滑り込ませる。ユズリアの背が俺の左手に触れた瞬間、『固定』。

踏ん張りが利く体勢になったところで、ユズリアがようやく魔弾を空に向けて弾く。

「大丈夫か!?」

「ありがとう、ロア。助かったわ」

ユズリアと入れ替わるようにサナが『天体魔法《アステリスク》』で生み出した星々が、流星群となって魔族へと降り注ぐ。黒いもやを前面に展開して受け止めようとする魔族。しかし、サナの魔法はそこいらの魔法使いとは天地ほどの差がある。

サナの指輪が赤く瞬いた。サナの『天体魔法《アステリスク》』で出現した星々が軌道を変える。自在に宙を滑る流星はもやを避けて、ガラ空きになっている魔族の背後へと降り注いだ。

「チッ、多芸だな、下等生物というものは」

魔族は抵抗することもなくサナの攻撃を背で受け止め、これでようやく一撃が入る。

砂煙《すなけむり》が充満《じゅうまん》する中、魔族が生成した大量の風の魔弾が四方に放たれた。それを避けようとしてサナの体勢が崩れ、すぐ横の泉に倒れ込む。幸い、半身が水に浸かる程度で済んだようだ。サナはすぐさま立ち上がって体勢を立て直す。

「サナ！　大丈夫か⁉」

「最悪、ちょっと泉の水飲んだ」

そう言うサナを見て、俺はほっと胸を撫で下ろす。

こうしている間にも、風の魔弾が聖域の至るところを削り取り、破壊する。せっかく建てた家や畑も被弾《ひだん》し、崩れているのを見るに、『固定』は無効化されているようだ。やはり、魔弾は魔法を無効化する黒いもやを纏っているのだろう。

「くそっ！　あのもやさえなければ……！」

そう言う俺の横で、サナが首を傾げる。

「『解除』が効いてる？」

サナがそう言いながらコノハの家を指さす。

「あそこに飛んだ魔弾に『解除』をかけてみた。そしたら、魔弾が『固定』に弾かれて消えた」

確かにコノハの家は無傷のままだ。サナの『解除』でもやの効果が相殺されたのならば、それはただの風の魔弾。『固定』の付与された家が瓦解《がかい》しないのは納得がいく。

でもどうして突然『解除』が効くようになったんだ……？　いや、今は考えている場合じゃない。

「つまり、一回目の『解除』でもやを打ち消し、二回目の『解除』で魔弾を消せるのか」

「でも、そんなに手早く『解除』は使えない。せいぜい、二秒に一回」

それでは魔弾一個を消すのに四秒かかってしまう。

「手数で勝負されると厄介だな」

砂煙が晴れる。背から青黒い血を垂らして佇む魔族。

それにしても妙だ。なぜ、魔族は俺たちの攻撃に対して受け身の姿勢なんだ？　先ほどまではあんなにも好戦的で、殺意に満ちていたのに。

力を溜めているようにも見えない。ただ、何かを待っているような……

「そろそろ良いか……」

リュグ爺たちが向かった方角を見つめ、雄型の魔族が呟く。

すると、もやが魔族を球体状に包み込み、黒い光がその隙間から漏れ出る。

「あいつ、何しているの？」

ユズリアが固唾を呑む。

「あの光、さっき見た。自己回復してる」

サナがぽつりと呟く。

「で、でも、幼体の方は回復魔法を使えないんじゃなかったの⁉」

「そのはずだが……」

嫌な予感がする。

そして、もやが晴れた。刹那、心臓を掴むような鋭い殺気が俺たちを襲う。

「――お兄ッ！」

サナが二本指を横に切ると同時に、俺は『固定』を発動するため、無意識に手を振り下ろした。

そして俺は、ユズリアとサナを背に隠すように一歩前に出る。

視界が一瞬にして眩《まばゆ》さで潰れた。俺の左頬を何かが掠め、二撃目が目と鼻の先に迫ってようやくローブと肌に『固定』が発動する。

鋼よりも硬くなったローブに何かがぶつかり、砕け散った。氷の破片が俺の目の前を舞う。

一連の出来事に遅れて心臓が強く脈を打った。

攻撃が速過ぎて目で追えなかった。先ほどまでの風の魔弾が遅く感じるくらいだ。サナが反応できたのが幸いだった。でなければ、今頃身体に穴が空いていただろう。

「な、なんなの……急に速くなった……？」

俺の背に隠したユズリアには見えていないのだろう。先ほどまでよりも一回り大きく、凹凸《おうとつ》のある魔族の身体が。

「愚弟には心底呆れた。こんな奴らに苦戦するとは」

ちらりと覗いた魔族の背中。サナが与えたはずの傷が、綺麗に消えていた。

「やられたな……」

俺の頬を生温い血が伝った。

身を切るような寒さに肺が悲鳴を上げる。

氷の結晶が霰《あられ》のように宙を漂う。小さな氷の粒が地面から舞い上がり、巨大な氷の柱となって聖域にそびえ立つ。そのてっぺんで、雌型の魔族は俺たちを見下ろしていた。

魔族が手振りをすると、周りに浮かんでいた氷の結晶が高速で回転し、鋭さを増して打ち出される。視界を埋め尽くす氷柱《つらら》。その全てをユズリアが閃光の如き速さで破壊。白銀の微粒《びりゅう》がぱらぱらと光を乱反射して散る。

「サナちゃん！」

「分かってる」

サナの指輪が輝く。魔族が撃ち放った氷の結晶をサナが吹き飛ばし、星の軌跡が瞬く。色とりどりの星が魔族へ容赦なく降り注いだ。その攻撃は轟音を響かせ、土煙《つちけむり》が俺たちの視界を遮る。その奥に黒いもやに包まれた塊が見えた。

真っ黒な繭状態になっている魔族がもやを解く。血のように赤い瞳が真っ直ぐにサナを見据えていた。

「貴様が一番厄介だな」

耳をなぞる魔族の不快な声色。

周囲の氷の結晶が魔族の上空へと収束していく。やがて、そびえる氷柱と同等の巨大な氷の結晶が白い冷気を振り撒いてその場に鎮座する。

こんな状況でなければ幻想的だったのに、今は警鐘が激しく脳内を揺らす。

「あっ……」

誰しもが上空の氷塊《ひょうかい》に目を奪われた一瞬の隙だった。サナの身体が突然、何かに操られたように宙に浮く。見れば、その足にしなった氷の鞭《むち》が巻き付き、白磁の肌に氷の根を張っていた。

氷塊が重低音を鳴らして、氷の鞭によって動きを封じられたサナを押し潰さんと迫る。同時に風の魔弾が、まさに地を蹴ろうとしていたユズリア目掛けて射出された。

くそっ！　これじゃユズリアがサナの助けに入るのに間に合わない。

「――サナ！」

俺の声に合わせてサナが二本指を切る。同時に『固定』を発動。氷塊がサナの指先に触れた瞬間、ピタッとくっ付く。完全に勢いを失った氷塊に、流石の魔族も微かに眉根を寄せた。

天に稲妻が昇る。遥か上空の雲をユズリアが切り裂く。そのまま雷を纏った足でユズリアは氷塊に向けて渾身の蹴りを放つ。瞬間、俺は氷塊に発動していた『固定』を解いた。

ユズリアによって打ち返された、まさに雷撃のような氷の弾丸が魔族を襲う。

「そんなもので止められると思うなよ」

魔族がその氷塊に向けて拳を振り抜く。まさか、ユズリアの一撃でヒビすら入らない氷山のような質量の氷塊を、純粋な力で破壊しようというのだろうか。

普通ならば考えられない。しかし、目の前にいるのは災厄の化物だ。

魔族の打ち出した拳と氷塊が触れた瞬間、俺は再び『固定』を発動する。次の瞬間、音もなく衝撃が消え失せた。空中で静止する魔族の拳と氷塊。そして、そのまま俺は『固定』を解除した。

ズンッという空気の振動が音を立て、氷塊が再びその重さを取り戻して魔族を押し潰さんと落下し始める。魔族の腕が氷塊に潰されてひしゃげたのが見え、一瞬で氷塊が上から魔族を呑み込んだ。

そびえ立った氷の塔が激しい音を立てて崩れ、氷塊は地響きを起こして地面を深く抉る。周囲の地面に亀裂が走り、一瞬にして氷膜に覆われた。

氷塊が地面に落ちた瞬間、土埃と白い冷気が吹き荒れ、聖域を一層白く冷やす。

「どうだ……？」

ユズリアとサナは言葉を発さずにじっと息を潜めた。

地鳴りが遠ざかって行く。一変して静寂に包まれた最中、小さくピシッという音が聞こえた。破砕音は次第に大きくなって、同時に氷塊にヒビが入って行く。

音を立てて瓦解する氷塊。魔族の風の刃が氷塊を綺麗な断面を残して菓子のように切り刻んだ。

そして、その風の刃はそのまま弧を描いて俺たちに降りかかる。

『固定』……はできない。襲いかかってくる風の刃に纏ったもやの『解除』が間に合っていない。

俺は風の刃を避けるために、身体を無理やり捻る。筋繊維《きんせんい》が悲鳴を上げるが、身体が真っ二つになるよりはマシだ。風の刃は俺の首の皮を薄く裂いて後方の泉に着弾。飛沫《ひまつ》を聖域中に撒き散らす。

雨のように降り注ぐ雫が肌に触れると、じわっと魔力が回復する気配がした。

「チッ……忌々しい神の落とし物め」

無傷の魔族が大きく飛び退いて泉の水の飛沫を避ける。

「もうっ！　キリがないじゃない！」

ユズリアの顔に疲弊《ひへい》が見える。サナも表情こそ変わらないものの、小さく肩で息をしていた。魔族との戦いは先ほどから綱渡りの連続だ。少しでも気を抜いたら、その瞬間にこの世からおさらば。そして、俺たち三人のうち、一人でも欠ければこの均衡《きんこう》は崩れる。早く、なんとかこの状況を打開《だかい》しなければならない。

『消滅《アドバン》』ならきっとどうにかなるだろう。しかし、あの魔法は強烈な感情がトリガーになって発動するものだ。今の俺には、それだけの感情のストックはなかった。

「おとりになった愚弟に死なれても面倒だ。そろそろ、終わりにするか」

雌型の魔族がふわっと高く空を舞う。そして、再び氷の矢を降らせた。

「ユズリア、あれは私じゃ捌けない」

「大丈夫！　サナちゃんは魔族をお願い！」

攻撃手段を持たない俺は後方から見ていることしかできない。なんて歯痒《はがゆ》いんだ。初めて、自分が『固定』しか持たないことを恨めしく思う。

サナが星の軌跡を残して氷の矢の群れに飛び込む。サナと魔族までの活路《かつろ》をユズリアが電光石火の勢いで切り拓く。ユズリアは無数の氷礫《こおりつぶて》を細剣で砕き、魔族までの道をつくった。

光球を纏ったサナの蹴りが魔族に突き刺さる。その瞬間、サナの表情が歪んだ。魔族の身体に亀裂が入り、色彩が、瞳の煌めきが失われていく。

そのまま氷晶となって砕け散る魔族。

「やられた……！」

偽物か……！　魔族はどこに……狙いは——

刹那、俺の目の前の地面に張られた氷の膜から魔族が姿を見せた。氷刃《ひょうじん》のようなかぎ爪がギラリと輝く。

「——ッ！」

俺は飛び退こうとするが、足がギシッという音を立てて止まる。まるで『固定』がかかっているみたいだ。見ると、いつの間にか足が氷漬けになっていた。

俺は眼前に迫る殺意に左手を反射的に出す。衝撃が腕を伝う。鋭い切っ先が肌を貫くような感覚。一拍遅れて燃えるような激痛が左手に襲いかかり、俺は思わず顔を歪めた。左手の傷口から滲む血が泡立って瞬時に凍結していく。氷が左手を包み込み、さらに逃れられなくなった。

間髪容れずに振り抜かれる魔族の右腕。その鋭利な爪はまっすぐに俺の心臓を向いている。

サナとユズリアの俺を呼ぶ声が早鐘の裏で微かに聞こえた。

目の前の魔族は恍惚とした表情で妖艶に舌舐めずりをする。

左手からひしひしと感じる痛みに俺はどうしても意識を割かれる。脂汗が滲む最中、魔族の冷徹な赤い瞳を前にして、血の気が引くのを感じる。

魔族の爪は物理耐性付きのローブをいとも簡単に破り、氷で出来たかぎ爪の冷たさが俺の肌に刺激を与えた。最期だと言わんばかりに心臓が強く脈を打つ。

どうにか打開策を模索する脳が、諦めの合図のように真っ白になる。

瞬間、一帯の冷気を吹き飛ばす薫風《くんぷう》が吹いた。背後から視界に入ってくる小さな風の塊。

――ガキィインッ！　という鋭い音と共に魔族の右手が砕けた。正確には、今にも俺の心臓を貫かんとする氷のかぎ爪が弾け飛んだ。

ひしゃげた短刀が淡い光を放ち、一枚の式札へと戻る。

「ふぅ……間一髪でありまするな」

俺の目の前で揺れる二股の大きな尻尾。

「――コノハ⁉」

リュグ爺たちと共に、もう片方の魔族を追っていたはずのコノハがそこにいた。

俺に肉薄した魔族が呻きを漏らす。背中にユズリアの一太刀が入っていた。間髪容れずにサナが魔族を蹴り飛ばす。

「三人とも、無事でありますするか⁉」

「お兄、左手」

サナが心配そうに指さす。

「大丈夫だ。凍ってるから止血も必要ない」

せいぜい凍傷《とうしょう》になっているくらいだ。セイラさえ無事ならば、一瞬で治してもらえる。

魔族はまたしてももやでつくられた繭に籠る。再び姿を見せると、背中の傷も、サナの蹴りで折れ曲がった腕も元通りに完治していた。

「あの繭状態をなんとかしないと、どうしようもないな」

「このままじゃ、ジリ貧《ひん》ね……」

俺の呟きに、ユズリアが額の汗を拭いながら応えた。

コノハの加勢で先ほどよりは楽になった。おそらく、魔族の魔力も無尽蔵《むじんぞう》ではないだろう。このまま持久戦に持ち込むか、リュグ爺たちが戻ってくるのを待つか……

しかし、そんな浅はかな考えが魔族に通用するはずがなかった。

「結局、ここら一帯を消し飛ばそうとする愚弟が正解だったということか……」

魔族の足元に氷の結晶が集束し、巨大な氷樹となって俺たちの前にそびえ立つ。その頂上で聖域全体を見下ろす魔族。

「一体、何をするつもりだ……？」

魔族の身体から黒いもやがじわっと溢れ出す。際限なく広がるもやが空を覆い隠さんと広がり、やがて空一面を覆って聖域に影を落とした。

「やれやれ、とんだ手間だったな」

魔族はもう俺たちに目を向けることすらなかった。

「ね、ねえ、もしかして……」

ユズリアが息を呑む。

「落ちてきているでありまする……！」

巨大なんて表現すら生温い。もやでできた黒色の空が、ゆっくりと落ちてきた。

「魔族ってのはどいつもこいつも……っ！　それは反則だろ……！」

歯噛みする俺を横目にサナが指を横に切り、『解除』を発動する。

「駄目……多分、もやが何層にも重なっていて解除しきれない」

一体、誰がこんなこと予想できるというのだ。

コノハとサナが同時に魔法を放った。巨大な火球と隕石がもやにぶつかり、音もなく塵となって消滅する。その粒子を払うようにユズリアの一閃が駆けた。激しい金属音と火花が空を散る。

「――っ、重い……ッ！」

ユズリアの『身体強化魔法《パミューム》』を以《もっ》てしても、もやでできた繭はびくともしない。もやには確かな質量がある。このままでは聖域諸共潰されてペシャンコだ。

魔法が一切効かない。それが徐々に俺たちに迫り来る。

全員の足が止まった。どれだけ考えても、避けようがない。もう、すぐ目の前まで迫っていた。

何か……何でもいい。この状況を打破する手はないのか……？

もやは言ってしまえば魔族の一部。その魔族に本当に弱点が存在しないのか……？

「ロ、ロア！」

「お兄……」

「ロア殿！」

ユズリア、サナ、コノハ――三人の呼び声が遠くに聞こえる。

考えろ……思い出せ……！

俺の脳裏を今までの戦闘が高速で流れる。魔族は真っ向《まっこう》からこちらの魔法を打ち消し続けた。たとえ不利な状況でも、もやが間に合わなくても、奴は動かなかった。

瞬間、脳内に流れる今までの戦闘の記憶の中で、プライドの高い魔族が唯一避けるような行動を取った。一回だけ、見逃してしまいそうなほど些細なその振る舞い。

長い冒険者人生で培った俺の直感が叫んでいる――これが魔族の弱点だと。

視界一杯が黒く染まる最中、俺はポーチから小石を取り出し、ナイフの柄尻でそれを叩き割った。ぼんやりと淡い光を放つ小石に亀裂《きれつ》が走る。次の瞬間、閃光が瞬いた。思わず閉じた視界すらも真っ白に染まるほど強烈な光だった。

鼻先まで迫っていた黒いもやが、光に包まれて消滅していく。一瞬にしてもやが晴れ、聖域外の黒い木々までもが瑞々しい色味を取り戻す。

「こ、これは……」

ユズリアが思い出したように呟く。

「ぐぅ……ッ！　この光、まさか……!?」

魔族が苦しそうに顔を歪める。

たっぷりそれを染み込ませた魔石だ。魔族にとってはさぞ辛いだろう。

「ロア殿、何をしたでありまするか!?」

なぜ、魔族がこの場所だけは消しておきたかったのか。

なぜ、聖域の泉を知っていて、〝神の落とし物〟などと呼んだのか。

「本当、とんでもない効果だな……魔族の弱点——それは聖域の泉だ！」

「どうして魔族に泉の水が効くの⁉」

ユズリアの疑問はもっともだ。しかし、泉は謎に満ちた存在。普通の魔力溜まりには見受けられない効能があり、俺たちはその全てを把握しきれていない。触れれば状態異常が治り、魔力が回復し、挙句《あげく》濃度の高い魔素を払うほどの浄化能力。

魔族が〝神の落とし物〟と呼ぶのも納得のいく存在だ。常識ではあり得ない、まさに神がかった効果。

「多分、浄化能力」

サナが割れて色を失った魔石を見て言う。

「魔族の魔法はどれも汚い。だから、聖属性がよく効く」

確かに泉に空《から》の魔石を放置しておくと、聖の魔石になる。その魔石がもやを打ち消したのだから、魔族には聖属性の攻撃が有効なのだろう。

しかし、神官で聖属性を主に使うセイラの魔法がもやに対抗できていなかったのを見るに、おそらく通常の聖属性魔法では太刀打ちできないはずだ。だからこそ、泉があの魔族の唯一の弱点となる。

「汚いとは、どういうことなのでありまする？」

コノハの疑問に、サナが答える。

「コノハとお兄は知っているはず。あの魔族は魔素の濃いところで生まれ落ちた。だから、身体に流れる魔力の源はこの森の魔力。つまり、魔素に汚染された汚い魔力」

ずっと魔法の勉強をしてきたサナが言うのだから、間違いないのだろう。他の魔族がどうなのかは分からないが、あの魔族は魔素の森の湖で生まれた。十分にあり得る話だ。

「でも、私たち全員聖属性の魔法は使えないわよ？」

そうだ、ユズリアの言う通り。他属性持ちのコノハでも聖属性は使えない。

「いや、もやを魔石でかき消せるのが分かっただけでも大きい。これで活路が見出せた」

「お兄、魔石はあと何個残ってる？」

勝ち筋は見えたのだ。ただ、問題もある。やはり、そう上手くはいかない。

「……今ので最後だった」

どうする……？　畑に埋めた魔石を回収するか？　いや、駄目だ。魔族がそれを許すはずがない。

俺の思考を断ち切るように、無数の氷弾が勢いよく降り注ぐ。

くそっ、また振り出しか。

「コノハ、魔法張って」

「で、でもサナ殿、魔族のもやを纏った魔法は物理でしか止めれないでありまする！」

「大丈夫、これはただの氷魔法」

どういうことだ……？　氷の雨越しに魔族を見ると、息遣《いきづか》いが荒く、額に汗が滲んでいた。

もしかして、魔力が底を尽きかけているのか？　聖域全体にもやを行き渡らせるのは、どうやら相当に魔力を消費していたらしい。

コノハが頭上に炎の幕を張った。サナの言う通り、氷弾《ひょうだん》は炎の天幕を貫通することなく、それに触れた途端、次々と蒸発《じょうはつ》していく。

「いける……勝てるぞ！」

俺がそう思ったのも束の間、魔族が口角を歪に吊り上げる。この期《ご》に及んで不敵に笑う仕草。

こっちの勝機が見えているはずなのに、どうしてか背中を刺すような嫌な気配が止まらない。

「私が負けるなど……ありえない……あぁりえなぁいぃぃいいい――――ッ！」

そう叫んだ魔族の身体からもやが勢いよく溢れ出して広がる。

「くそっ、まだそんな力が残っているのか!?」

もう聖の魔石は残っていない。ここで食い止めないと、今度こそ終わりだ。

「お兄」

サナがいつでもいけると言いたげに俺を見つめる。三人の目はまだ諦めていなかった。気が付けば、ユズリアもコノハも俺を見ていた。

そうだ。なんとしても勝たなきゃならないんだ。ここでの生活を、未来を、大切な仲間のために――

三人の視線を受け止め、俺は静かにうなずいた。

「コノハ、全力で魔族を止めてくれ！」

にっ、と笑うコノハ。

「承知したでありまする！」

風札で起こした風属性の魔法で、足下から押し上がる気流に乗ってコノハが先陣を切る。

「サナは『天体魔法《アステリスク》』だ！　今回は遠慮はいらない。特大のを頼む！」

「分かった。久々に本気出す」

上空で激しい爆音が轟《とどろ》いた。炎が、風が、岩が、魔族を四方から襲う。

「こざかしい真似をッ！」

魔族がもやを自分の周囲に展開してそれを防ぐ。そのおかげで空を覆い隠さんとしていたもやの広がりが止まった。

コノハは風札によって生み出された乱気流《らんきりゅう》に乗りながら、次々と札を散りばめる。絶え間なく魔族を襲う魔法の数々。詠唱時間の必要ないコノハにしかできない芸当だ。

コノハの札が尽きない限り、魔族はもやを解くことはできない。

「根競べなら、負けないでありますよ！」

「お兄、いつでもいける！」

サナが魔法陣を足元いっぱいに広げた。

「よし、ユズリア！　今だ！」

「任せてよね！」

一筋の雷となって駆け昇るユズリア。

その間、俺は急いで頭から泉の水を被る。

コノハが魔法を解き、魔族が繭から孵《かえ》った刹那、ユズリアの剣撃が襲う。その攻撃を辛うじて両手で受け止める魔族。競り合いの最中、魔族が徐々にユズリアの剣を押し返していく。

「下等種族が……なぁめるなぁぁあああ――ッ！」

魔族が鬼気《きき》迫《せま》る声で叫ぶ。瞬間、上空からユズリアへと雷が降り注いだ。

「今度こそ、私の大切なものを守る！」

眩いばかりの雷鳴が空を支配する。

雷を纏ったユズリアが魔族を弾き飛ばした。

「コノハ、頼む！」

「任されたでありまする！」

足下を風が吹き、俺の身体が浮き上がる。気流が俺を上空へ突き上げた。そのまま飛ばされてくる魔族を背後から羽交《はが》い絞《じ》めにして、俺の身体と『固定』する。

「き、貴様ッ！」

魔族が慌ててもやを出す。しかし、身体から滲み出したそれは瞬く間に薄れて消えていく。

「無駄だね。俺は今、泉の水で全身ずぶ濡れなんだ」

落下する俺と魔族の左右で氷柱が生成され、俺を貫《つらぬ》かんと打ち出される。しかし、その全てが俺に衝突し、砕け散る。

「なぜ、効かないんだ……？　それに……くそっ、離れん！」

「俺の魔法はただ物体と物体をくっ付ける。そして一度くっ付いてしまえば、どんな攻撃だって効かない。それだけさ」

視界が陰《かげ》る。ユズリアの生み出した雷雲を押しのけ、巨大な隕石が軌跡を放ちながら落ちてくる。

その強大な質量が俺と魔族に降りかかり、そのまますさまじい勢いで墜落《ついらく》していく。

「ふははっ！　心中《しんじゅう》でもするつもりか？　この程度の魔法で私が死ぬと思うなよ！」

確かにこのまま隕石に押し潰されようと、この魔族が死ぬとは思えない。それに『固定』をかけたままでは俺も魔族も無傷だ。しかし、これでいい。

「果たして、本当にそうかな？」

魔族は何かを思い出したのか、弾かれたように下を見る。そして、その余裕じみた面《つら》が一瞬にして恐怖に染まる。

「まさか……」

俺と魔族の真下には、透き通った蒼色《そうしょく》の魔力溜まりが広がっていた。

「なんなんだ……貴様は一体、何者なんだぁああ――ッ！」

何者、か。そんなの決まってるじゃないか。英雄なんて大それた者じゃない。

俺は――

「ただの引退したS級冒険者だよ」

激しい衝撃と共に全身が泉の水に包まれた。

春の日差しが燦々《さんさん》と降り注ぎ、聖域の若草を輝かせる。

穏やかに吹き抜ける風に乗って、微かに魚の焼けるいい匂いが漂う。さてはそろそろ昼時《ひるどき》かな。

俺の膝の上で猫のように丸まったコノハもその匂いにつられて、白色と金色の二股の尾をぴくりと動かした。

「コノハって、猫みたいだな」

「ロア殿、某は狐でありまする」

でも、喉を撫でるとゴロゴロ鳴くんだよなぁ。狐もそうなのだろうか。そんなどうでもいいことを遮るように、朗らかな笑い声が隣から聞こえる。

「ふぉっ、ふぉっ、今日も孫たちは元気じゃの」

小柄なおじいさんがそこにいた。

「いつから俺たちはリュグ爺の孫になったんだよ」

「孫や、飴食べるかの？」

そう言いながら、コノハにお菓子を渡すリュグ爺。俺の話、聞いちゃいないんだけど……

「コノハ、今食べちゃ駄目だからな？　お昼を食べ終わってからにするんだぞ。あと、食べた後は歯磨きを忘れないようにな。虫歯になると、痛い痛いだからな」

「ロア殿……某はもう子供じゃないと何度言えば……」

背伸びしたって無駄だ。どれだけ優秀だろうと、俺の中ではいつまで経ってもコノハは可愛い少女のままなのだから。コノハが嫁に行くってなった時、もしかしたら俺は相手の男をぼっこぼこにしてしまうかもしれない。ウチの子はやらん！　ってな。

コノハが呆れたようにため息を吐く。

魔族の襲撃から一週間。家から畑までほとんどが壊されたが、それも今ではすっかり元通りだ。なんなら、家などは前よりもスケールアップしているくらいだ。

荒れ果てた草原も泉の力なのか、二日と経たないうちにまた若草の絨毯《じゅうたん》を隅々まで生やした。畑に植えた作物が三日で実をつくるくらいだ。今さら驚くようなことでもない。

こうして、平和な日常が戻ってきた。

聖域を眺望《ちょうぼう》し、リュグ爺がふむと独り言ちる。

「それにしても、今でも驚きじゃ」

「何がだ？」

「お前さんたちだけで成体の魔族を倒したことじゃ。あの魔族は五十年前の魔族とは比べ物にならんかった」

「俺たちってより、ほとんどこの泉のおかげだけどな」

そう言い、今さら俺はあることに気が付く。

サナは戦闘の途中、泉の水を飲み込んでしまっていた。そして、その直後からサナの『解除』は魔族のもやに効くようになった。

つまり、あれも泉の効果のおかげだったのか。

「それに、リュグ爺たちは三人だけでもう片方の魔族を倒したじゃないか」

俺たちが成体の魔族を泉の力で倒したすぐ後、リュグ爺たちはほとんど無傷で聖域へと戻ってきた。

ドドリーは高らかに笑い、セイラは頬を紅潮させて、そして、リュグ爺はぐったりと疲れて見えた。

話を聞けば、あの幼体も逃げ続けるうちに成体へと進化をしたらしい。それを泉の力なしに三人で倒してしまうのだから、恐ろしい話だ。

「あの二人はよくやってくれたわい。本当——」

リュグ爺は思い出したように目を細め、そして身震いした。

「今時の若い者はなんというか、恐ろしいのぉ」

あぁ……なるほど。二人の戦いっぷりを脳裏に浮かべて、リュグ爺が疲弊して帰ってきた理由がよく分かった。

ドドリーはリュグ爺よりも年上なんだけどなぁ。というか、若い者とひとくくりにしないでいただきたい。俺たちだって、あの二人の奇行にはドン引きなんだから。

「むっ、俺たちの話をしていたのか、兄弟？」

ちょうどドドリーとセイラが新築の家から仲良く出てきた。相変わらず、ドドリーは顔だけは爽《さわ》やかだし、セイラはおっとりとした面持ちだ。だからといって、騙されてはいけない。この二人は聖域に住む住人の中でも、ずば抜けておかしな奴らなのだから。

「ドドリーの筋肉はいつ見てもすごいなぁって話してたんだよ」

「おぉっ！　よく分かっているではないか、兄弟！」

「ええいっ！　やめろ、暑苦しい！」

俺はずしっと肩にのしかかるドドリーの腕を払いのける。

ドドリーの腕の代わりに俺はコノハを肩に乗せた。ふさふさとした尻尾が首を撫でる。暑苦しい邪気《じゃき》が浄化されていくのを身に染みて感じた。これだけは泉の浄化能力でもできまい。やはり、コノハしか勝たん。

「それに、ドドリーの筋肉を褒めてたのはリュグ爺な。だから、一緒に筋トレでもしてくるといい」

「孫や、何を言うておる⁉」

焦るリュグ爺を見て、セイラが可憐《かれん》に微笑む。なぜだろう、もう二度とセイラの笑顔を純粋に受け取れない自分がいる。

「リュグ爺様、日々の健康は長寿の秘訣ですよ。たまには運動もしませんと」

「し、しかし、それはまた別の話じゃ……」

「いかん！　いかんぞ、リュグ爺！　あなたのようなお年寄りは健康が第一！　このドドリーがリュグ爺に合わせた筋トレプランを立ててやる！」

うん、あのな、ドドリーの方がリュグ爺よりも年上だからな？

「ぬう、若造なんぞに捕まらんわい。儂を捕まえられたら、その時は考えてやってもよいのぉ」

リュグ爺の左側の空間が歪んだのを見て、俺はそっと右手を振り下ろした。時空の狭間《はざま》に逃げようとするリュグ爺の身体が、ぴたりと止まる。

「ほ……？」

なんとも間抜けな声が漏れるリュグ爺。

「ほら、捕まえたぞ」

リュグ爺の恨めしい視線を感じるが、目は合わせないぞ。仕方ないじゃないか、リュグ爺が逃げたら、ドドリーの標的は自《おの》ずと俺に変わってしまうのだから。オイリーエルフの遊び相手には犠牲が付き物だ。

「ナイスだ、兄弟！　わーはっはっは！　リュグ爺よ、さあ、楽しい楽しい筋トレの時間だ！」

ドドリーが小脇にリュグ爺を抱える。

「本当、今日も賑やかでありますなぁ」

「やれやれ、最初に俺がここに来た時には考えられなかったな」

俺とコノハは顔を見合わせ、思わず笑みを零す。

「皆ー！　お昼できたわよー！」

待ち望んだ声に振り向くと、ユズリアとサナが互いに押しのけ合いながらこちらに走ってくる。

二人して一目散に俺の下へ。そして、いつもの如く両脇を固められた。

「あらあら、ロアさんは今日も人気者ですねぇ」

セイラよ、俺は本当に静かに過ごしたいんだよ。

がっしりホールドされる俺の両腕。目の前では二人が手に持つ玉杓子と木べらがせわしなく行き交う。

「ねっ、ロア！　今日のお昼は魚のムニエルよ！　上手にできたから、早く行きましょ！」

「ユズリアは甘い。お兄は魚の塩焼きが大好物。だから、先に私の料理を食べるべき」

ユズリアとサナはそれぞれ別の魚料理をつくったみたいだ。

「塩焼きは昨日食べたばかりじゃない！　ロアは毎日違うものを食べたい派なのよ」

「それは他の人に気を使っているだけ。昔は毎日同じもの食べてた」

ユズリアとサナの二人は今日も仲がよろしいことで何よりだ。しかし、毎回俺を挟んで言い争わないでいただきたい。

俺はコノハの頭を撫でる。それに合わせて左右に揺らめく尻尾。癒されるなぁ。

「ロア殿は甘えん坊でありまするなぁ」

それは否定しない。しかし、どうせ甘えるならやはり年上のお姉さんじゃないと。

「ロア、私にはいつでも甘えていいんだからね！」

「コノハはいい。でも、ユズリアは駄目」

「どうしてよ⁉」

「お兄がいやらしい目つきになる。そしたら、私はお兄を殴らないといけない」

「妹よ、意味が分からん」

皆が笑う。それにつられて、俺も笑みが零れた。

清涼《せいりょう》な風が俺たちの間を通り抜ける。

気が付けば、俺とユズリアだけだった聖域にたくさんの人が増えた。その全員がS級冒険者かそれ相当の人物だなんて、今考えてもおかしな話だ。

理想のスローライフをするには色んな問題事が起き過ぎるけれど、こうして皆で笑い合えるのならば、それでもいいと思えた。

なんだか、まだまだ村人は増えそうな予感がする。

俺の勘はあまり外れないんだ。

やれやれ、次はどんな人物が訪れるのやら。


「――ロア先輩！」

覚えのある声が聞こえてきたのは、それからすぐのことだった。

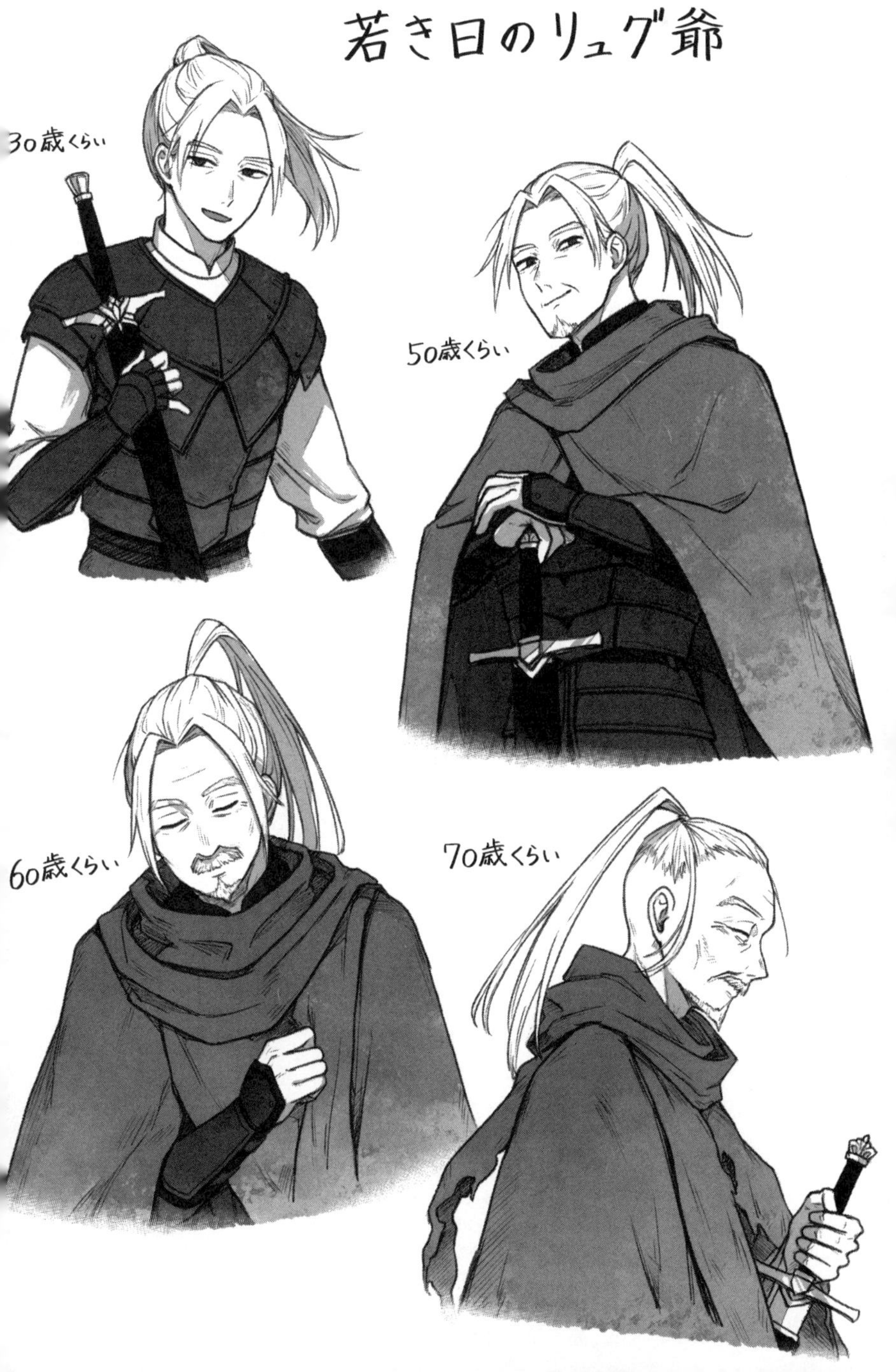
若き日のリュグ爺
30歳くらい
50歳くらい
60歳くらい
70歳くらい

強くて
ニューサーガ
NEW SAGA
阿部正行
Abe Masayuki
1~10
シリーズ累計
90万部
突破!!
(電子含む)
2025年7月より
TOKYO MX、ABCにて
TVアニメ
放送開始!

貴族家の長男、リドル・ブリードとして転生した会社員の六井《むつい》吾郎《ごろう》。せっかくの異世界転生、全力で楽しもう……と思ったのも束の間、神から授かったのは、小型魔獣しかテイムできないスキル「小型オンリーテイム」!? 見栄っ張りな父親は大激怒! リドルは相棒である子犬のレオ、子猫のルナと辺境領へと追放されることに。しかし辺境領に向かう途中、レオとルナが凶悪魔獣すらワンパンしちゃう最強もふもふだったと判明! その上、辺境領には特別な力を持った激レアのプチ魔獣がたくさん暮らしていて……!? 可愛い＆最強な小型従魔たちと辺境を大開拓! 異世界ちびもふファンタジー!!

◉定価：1430円（10%税込） ◉ISBN：978-4-434-35347-5 ◉Illustration：しば

公爵家長男のライカは、六つ星ユニークスキル『ダウジング』を授かった。最強公爵の誕生と期待が寄せられるも、謎だらけのスキルでは、剣を少し動かすことしかできない。外れスキルの烙印を押されたライカは、勘当され辺境行きとなってしまう。しかし、森で出会った白虎を名乗る猫に『ダウジング』の神髄を説かれると、徐々に規格外の六つ星スキルの力が明らかに……辺境の試練を、力と自由を手にしたライカは簡単に突破していく――元大貴族の少年が紡ぐ大逆転冒険譚、開幕!

◉定価：1430円（10%税込）　◉ISBN 978-4-434-35344-4　◉illustration：嘴広コウ